丰盈与贫乏

史华林　著

云南人民出版社

图书在版编目（CIP）数据

丰盈与贫乏 / 史华林著. -- 昆明 : 云南人民出版社, 2024. 12. -- ISBN 978-7-222-23151-1

Ⅰ．I267

中国国家版本馆CIP数据核字第2025UY1133号

责任编辑：刘　焰
助理编辑：李明珠
封面设计：朱　月
责任校对：何　娜
责任印制：窦雪松

丰盈与贫乏
FENGYING YU PINFA

史华林　著

出　　版	云南人民出版社
发　　行	云南人民出版社
社　　址	昆明市环城西路609号
邮　　编	650034
网　　址	www.ynpph.com.cn
E-mail	ynrms@sina.com
开　　本	720mm×1010mm　1/16
印　　张	11.75
字　　数	200千字
版　　次	2024年12月第1版第1次印刷
印　　刷	云南优创印刷有限公司
书　　号	ISBN 978-7-222-23151-1
定　　价	58.00元

云南人民出版社微信公众号

如需购买图书，反馈意见，请与我社联系。
图书发行电话：0871-64107659

农闲的大多数时光,她一个人坐在自家小院的阴凉里。在那里,桩桩件件的活路又都静静起头,不扬起一粒尘土,不摇响一片树叶……

朗四说："这么好的东西，不能像干草垛一样随意丢在田埂上。"

/03

芒市三台山乡德昂族织锦艺人赵玉软的家依山而建，宛若空中楼阁。然而劳作人的眼中哪有风景？当我真正走近她们，走近那如同生计般排开的织机时，我知道，那是一种少有人倾听的声音。听到了，就觉青山都忠诚，草木都有情，爱恨都结实。

/05

06

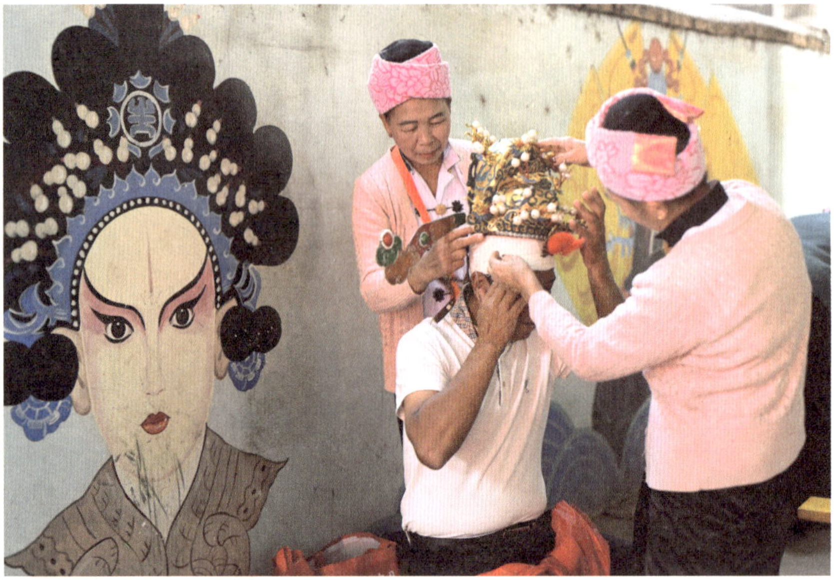

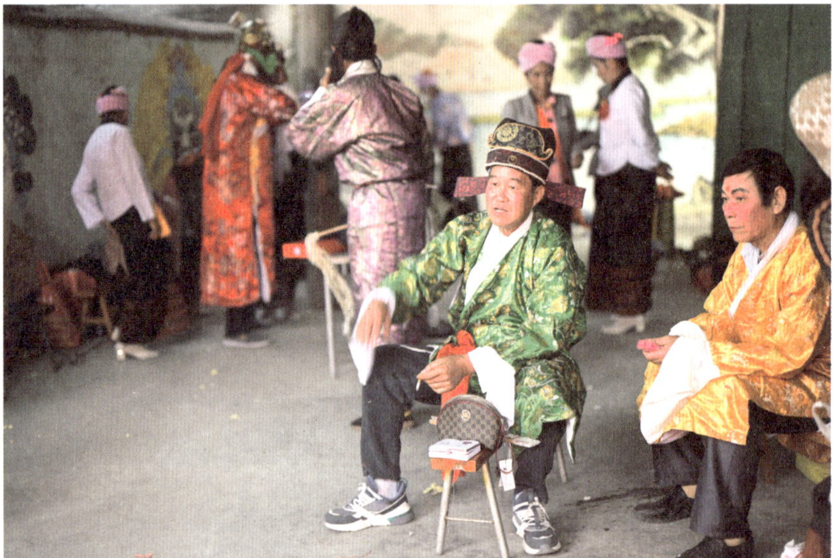

置身于一场乡村老傣戏，总让人感觉光阴的脸就藏在戏台的后面。它有着旧纸书一样的肤色，夹杂着烟草和湿木头的体味，一切都被时间无声浸泡：木箱子里珠绣脱落的戏衣、箱底充满年代感的化妆镜、描在墙上的脸谱、铺满苔藓的石阶、水泥立柱上洗不尽的斑驳、弥散于乡村集市的声声铓锣、台上台下踩起又落下的灰尘……

一种常见的赏建花，绿豆大小的黄色花蕾成串开放，密集饱满，看起来更像丰收的果实、熟透的稻作。每一朵，都是与春天结盟、与幸福缔约的标志，平静又诚实，开给熙熙攘攘、来来往往的众生。

/09

手工技艺是手艺人表达自我的方式。人与器物，像是阳光穿透雨水、汗水渗进木纹一样相依相融。焕芝打制银器时，极少使用烧蓝、点翠工艺。素工的器物依靠形制、线条、质感取胜，由内而外的气韵于无言之中说出了"素以为绚"的道理，与不娇饰的文字、书画有着微妙的对应。

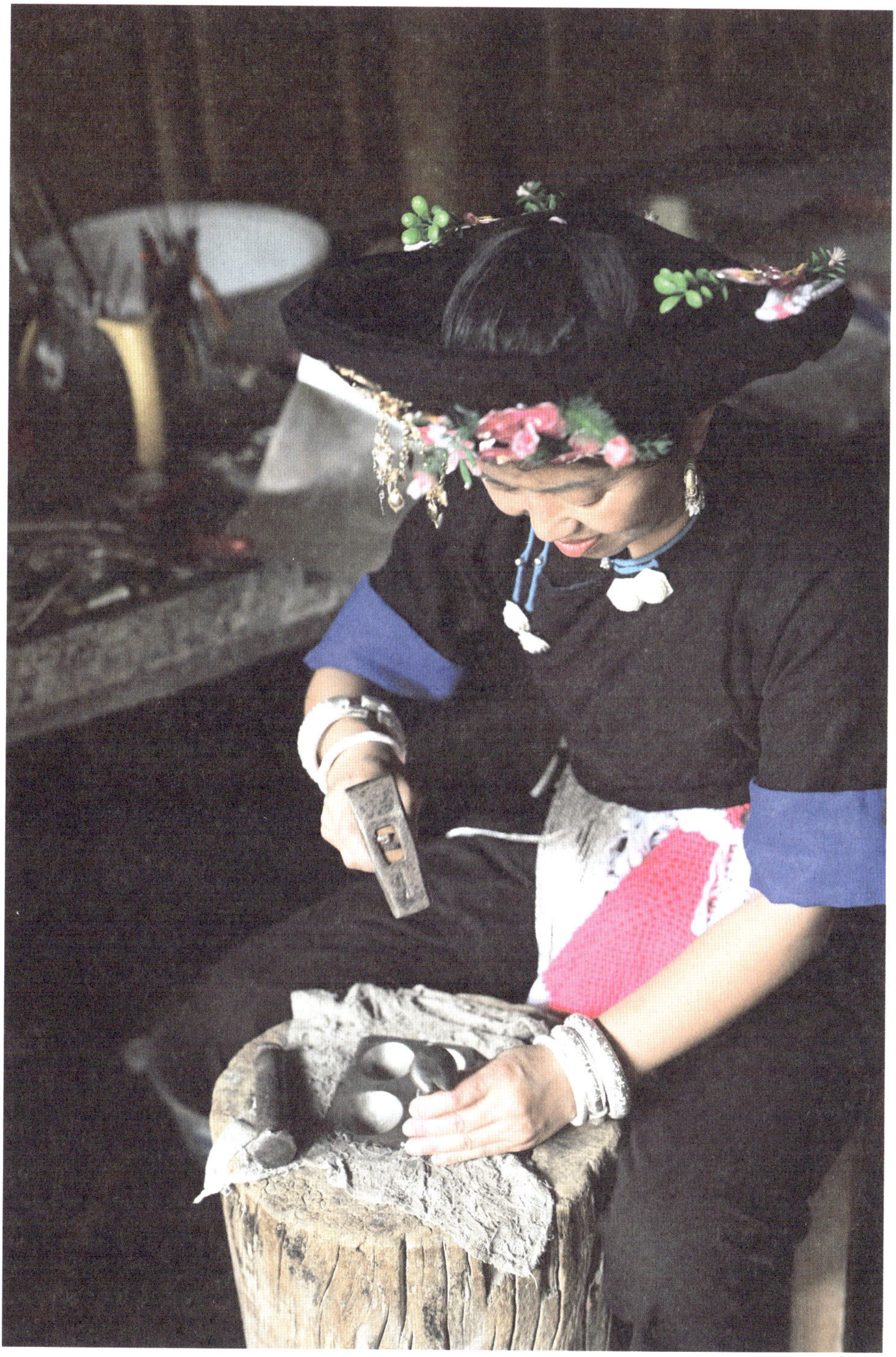

12

坐在这个老者身旁，什么也不必说，什么都不必再问，他的故事全在这里了。

半蹲在一米开外的位置，我用相机镜头定格她如树桩一样的沉静。她只需一动不动，世界似乎就能停在喧嚣前的一刻——在没有预约的地点，在毫不期许的时刻，那些令人铭记和感恩的温情就这样无声到来。

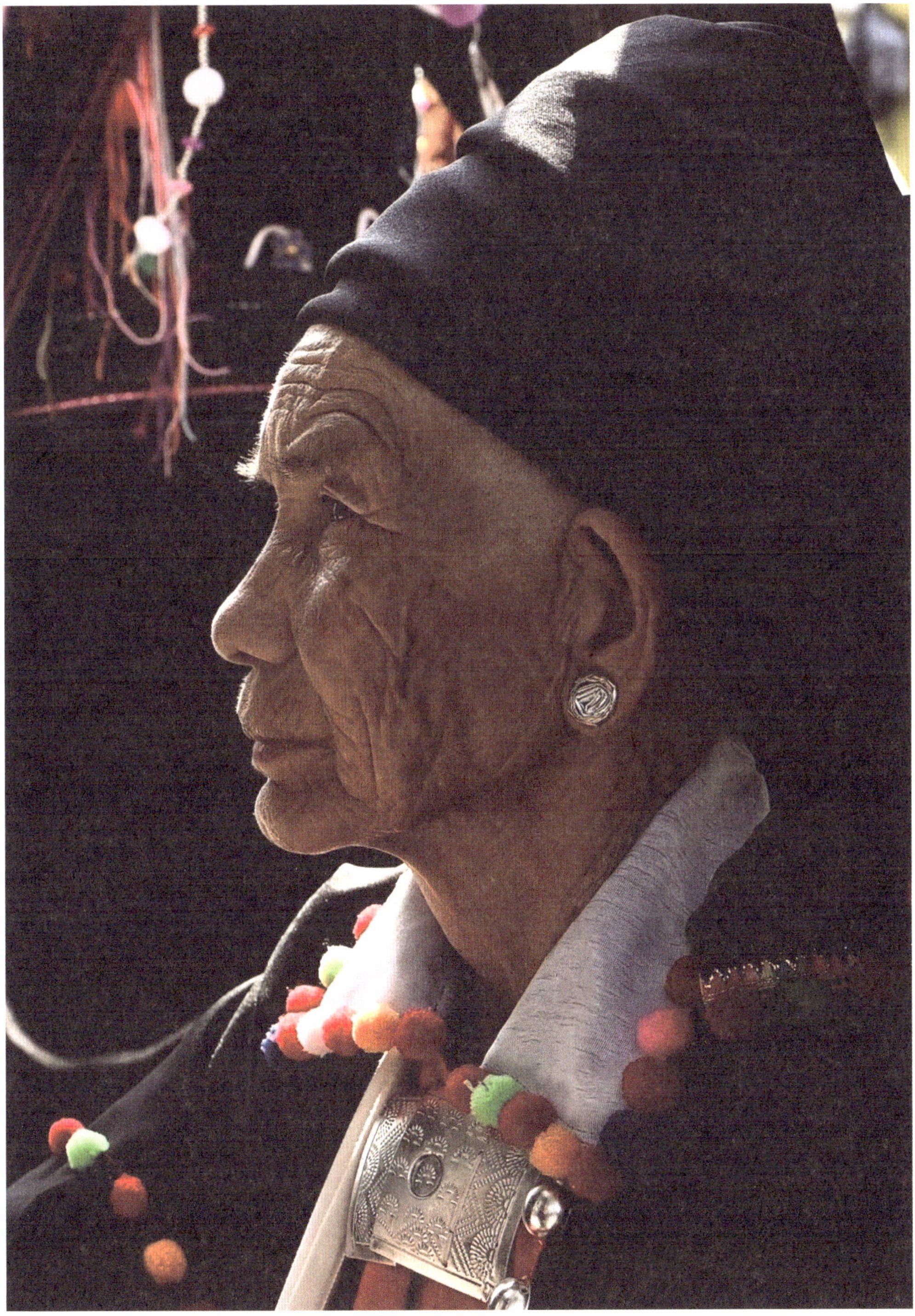

16

慢轮转动，多少遗忘与宽恕、放逐与收容，都一并融入这亘古的平衡与对称之中，不见喧嚣，不起尘烟。

18

花是果，果也是花，朵朵开在春风里，犹如一枚枚小小的印章，签印下这个充满活力的时代中人们对生活饱满的热情和颂赞。

序 言

近年行走于村寨，像一只不停飞舞的蜜蜂，有意无意掠过包裹蜜源的花蕊而沾染芬芳。山花乡野间，岁月给予我甜蜜的馈赠。

本书按照时间顺序整理了这些年给予我成长触动的人和事。

得益于云南省"兴滇英才"计划"文化名家"专项的支持，书稿后半部分深情书写我的故乡德宏十多位非遗传承人的守艺故事，并融入自己的思考和感受，以期让更多的人领略少数民族文化的魅力，助力非遗融入普通民众的生活。

文字是一个个字串成一行行，排成一段段的手工制品，写作的过程是感受自身丰盈与贫乏的过程，也是致敬过往和未来的过程。

感谢所有。

2024年6月

目　录
CONTENTS

上　辑

03 / 记着

10 / 真情涌动：亲历灾害报道

19 / 孩子　孩子

41 / 触摸历史的荣光

55 / 茶地里的山歌王

58 / 勤政为民的好书记

68 / 那邦边境居民的一天

75 / 三十九年走村寨
　　　　——农村电影放映员郭荣辉

81 / 80后村支书

83 / 驻村工作队员的两个"家"

86 / "胡蜂"教授

90 / 茶园春色

下　辑

95　/　专注与坚持　汇聚传承伟力
98　/　刀剪中的传承
102　/　春天里的舞蹈
106　/　锦如花　花如锦
109　/　乡村老傣戏
113　/　朗四和他的象脚鼓
117　/　水花礼赞
120　/　孔雀起舞
124　/　丝竹声声
127　/　永远的铁匠
131　/　银声当当出户撒
135　/　风雨制茶人
139　/　水鼓：守护德昂族人的精灵
143　/　龙阳塔下
146　/　慢轮转动
150　/　果实里的珍藏
154　/　大地上的丰收
157　/　在时代的树荫下自由赞美（代后记）

上辑

记着

从没想过自己真能当上一名记者。1999年12月，我从一家企业调到德宏人民广播电台从事新闻采编工作。

"记者不能创造历史，却能记录历史。记者在记录中实现自己的价值。"我始终牢记新闻前辈的话语，忠实地做着一名记录者，感受时代风云变化，记录人间冷暖善恶。

记得第一次接受采访任务是参加德宏州一次妇女代表大会。会议结束之前，我在座位上完成了毕业以来的第一篇新闻稿。当得知身旁坐着的是新闻界的老前辈胡孚亭老师时，我立即恭恭敬敬地递上刚写好的新闻稿，请他审阅。

老师微笑着看我一眼，没有说什么。几分钟后，只见他拿出随身携带的笔和稿纸，一字一句地将那篇稿件重新写了一遍。写完之后，老师有条不紊地给我讲解广播消息写作的五要素：何时、何地、何人、发生了什么事、事情怎么样……隐约记得老师从新闻要素讲到导语，再到新闻语言……我其实什么都没有听进去。

那次采访之后，我立刻意识到，空有文字功底，如果不经过实践，照样不能写出一篇像样的新闻稿。这些年来，我一直保留着那篇珍贵的新闻稿，每次翻看都是一次提醒，一次告诫：作为一名新闻记者，要获得扎实的专业技能，打牢专业根基，必须从苦练内功开始，来不得半点马虎。

初识胡老师时，他年事已高。在接下来短暂的受老师教导的几年时间里，我学到了许多做人做事的道理，那些宝贵的专业技能与经验，字字句句刻在了脑海里，至今受益匪浅。

胡老师讲新闻，首先讲哲学，而且讲得惟妙惟肖。他说讲哲学是因为新闻工作实在离不开哲学，随时都需要辩证唯物主义的指导。

就说思维与存在的关系吧，新闻工作中就有许多问题值得思考。我们所写的新闻作品，里面写的到底是什么？是客观事物还是我们对客观事物的认识、理解和感受？是主观的东西还是客观的东西？表面看来，新闻里面所写的都是客观事实，实际上却不可能。客观事实怎么能原封不动地搬到新闻作品里呢？一条新闻在报纸上登了，广播上播了，客观事实还是在那里摆着，并没有跑到报社、电台去。电视，即便是有声又有像，全都可以摄入镜头，但真实的人、真实的物都还在那里，并没有钻进电视屏幕。可见，新闻作品里所写的，并不是客观事物本身，而是客观事物在记者头脑里的反映，是记者对客观事物的理解和认识。事实是客观存在，新闻则不是客观存在，而是进入了意识形态的范畴。

新闻新闻，一新二闻。有了新近发生的事实，还要经过人的报道，使不知道这一事实的人闻知，才能成为新闻。

新近发生的事实要经过报道才能成为新闻，这说明任何新闻作品中都包含主观和客观两种因素。要在新闻报道中真实地反映客观实际，记者必须首先正确地了解实际、认识实际。客观事物，并不都像和尚头上的虱子——明摆着，而往往是千丝万缕、盘根错节，互相关联着，有的又被里三层外三层的表象裹挟着。

胡老师还是活学活用、活到老学到老的典范。

刚进台那几年，他看到年轻的编辑记者常窝在办公室埋头看书本钻研业务，就会笑眯眯地对大家说："记者的'新闻鼻'不是生来就有的，需要学习的东西太多了，不但要在书本上学，还要在实践中学，结合新闻工作的实践学。有心的记者，注重在实践中学习，每次采访都能学到许多东西；无心的记者，只为应付工作，完成采访任务了事，永远头脑空空。"

后来我每每在书中读到类似的观点，就会把胡老师的话再默想一遍。在工作中，我更加注重向实践学习，也更加频繁地、更加热切地走到田间地头去，向身边同事学、向采访对象学，把心靠得离人民群众近一些，更近一些，也切身体会到了新闻前辈们"出门跌一跤，也抓一把土"的那种每一次采访都有收获的美好感受。

新闻单位的编辑记者大多学汉语言文学出身，写文章免不了带些文绉绉的"酸"气，尤其是年轻记者，最易犯铺垫过多的毛病，写一篇四五百字的会议消息，会议当天的天气、场景描写之类往往就占去一百来字，写出来的通讯常常大幅抒情还自鸣得意。注意到这一情况，胡老师总不厌其烦地说起三句话：文章是客观事物的反映；文章是写给别人看的；新闻要用事实说话。尤其是第三句，他一次次语重心长地强调：用事实说话，是新闻写作的特点，也是新闻写作的优点，是新闻工作者的看家本领。

  说它是新闻写作的特点，是因为它是新闻文体反映现实、影响别人、说服别人和引导舆论的特殊手段。文章是客观事物的反映，但不同的文体反映客观事物的手段各不相同。文学作品通过艺术形象反映现实，感染别人；理论文章则通过严密的逻辑论证事理，以说服别人；而新闻作品则依靠确凿的事实反映现实，说服别人。新闻工作是宣传工作的一部分。新闻可以是宣传，但不能简单地等于宣传；一般的宣传也绝不等于新闻。即使与看似十分相近的宣传相比，新闻"用事实说话"的特点也是很明显的。如果说，宣传必须讲述真实的事情，必须说真话、传播真理，那么，新闻讲述真实的事情就必须是"新近发生的事"，说真话必须让事实来说话，传播真理必须寓真理于新闻事实的叙述之中。

  说它是新闻写作的优点，是因为比起空讲道理，它有着不可比拟的说服力。事实胜于雄辩。任何道理都是可被驳斥的，而事实则是无可辩驳、无法否认的客观存在。任何雄辩、任何道理都必须建立在客观事实的基础之上，不然就是经不起反驳的无谓空谈。

多么庆幸，人生第一次感到自己是一滴水，庆幸这朵小小的水花旋即汇入水流，去感知时代洪流的律动。

2002年德宏两会报道中，我采写的一篇千余字的新闻专稿《人大代表，在学习中成长》获得了当年州级"人大好新闻"评选特等奖。这个职业生涯中的第一个奖项给予我莫大的鼓舞，从此以后不敢懈怠，也不想懈怠。一支笔，一沓纸，一个采访机，田间地头来回穿梭，从未间断，在学习中成长，在感悟中成长，在一路前行中隐隐听到自己细细碎碎的脚步声。

两会过后的那个春节，感觉身上有使不完的劲儿。我和同事一道积极策划推出新春特别报道，前往全州各地采访，唱响国民富足安康、社会和谐稳定的主旋律。大年三十，我们与100多名贫困学生共品别样年夜饭；大年初一，我们奔走在大街小巷，感受节日期间坚守岗位的站所官兵、公安干警、安监局局长、城市清洁工、邮政速递员的艰辛，倾听全国劳模的新年打算；我们对话民俗专家，分享各少数民族同胞的年节习俗，展现普通百姓积极向上的精神风貌。在这个过程中，我真实地感受到自己一颗火热跳动的心，与人民群众靠得越来越近。

2007年3月，电台舆论监督类栏目《政风行风热线》改版更名为《德宏热线》，增加播出时段，拓展节目内容。我从汉语编辑部来到了这个新的栏目。栏目组一共四名成员，我们坚持每天开通热线电话和短信平台，节目后受理来信来访，为群众排忧解难、释疑解惑。同时，我们不定期编辑简报，与有声节目互为补充，送州级各大班子领导及相关部门参阅。我们放弃双休日和节假日，精心准备节目，自觉加强学习，白天外出采访，晚上参与节目，基本做到上台能讲，下台能跑，采编播合一。这档节目当年即获得云南省广播电视政府奖"十佳栏目"称号。

2007年6月14日，潞西市（2010年7月12日更名为"芒市"）轩岗乡一名患有"先天性肛门闭锁症"的四岁女孩陈芹香及家长通过热线电话求助，栏目组当即向社会发出了捐赠倡议。一个月时间里，共收到三万多元爱心捐款，帮助小女孩进行了三期手术，目前，她的身体已经恢复健康。

2008年5月30日，陇川县勐约乡广瓦村麻桑蒲基地14户农民反映，由于龙江河谷开发，他们村部分林地被占用，乡党委、乡政府没有按标准给予补偿。栏目组将此事通报陇川县，引起了县委、县政府的重视。陇川县专门成立了工作组，深入实地调查、核实，按标准兑现了14户农民的补偿款。款项兑现之后，村民骑着摩托车，经历三个多小时的山路，专程向栏目组赠送了"为群众说话、为政府办事"的锦旗。

2009年9月9日，潞西市中山乡赛岗小学一名教师反映：赛岗小学图书室里的书太少，希望得到社会各界的捐赠，让渴望知识的孩子们通过书籍了解外面的世界。《德宏热线》当晚及时播报了这一信息，同时向社会发出了呼吁。第二天一早，一位出租车师傅把他刚在书店买的三本图文并茂的彩绘故事书送到了栏目组。在随后几天时间里，数十名听众送来旧书籍、旧衣物。9月19日，在一些出租车司机的配合下，这些书籍、衣物被送到赛岗小学师生的手中。

2011年，在一次节目中，听众反映潞西市勐戛镇至芹菜塘村的公路多次遭村民堵塞，导致附近村寨的公路无法正常通行。接到反映后，栏目组记者立即到现场采访，并将情况反馈给勐戛镇政府。镇政府及时落实解决措施，次日早晨即疏通了乡村公路。

2012年4月，一位听众打电话反映，他和妻子都是下岗工人，靠领取低保金生活，一家四口居住在一间25平方米的房子里，想知道这种情况能不能申请购买廉租房。针对这一普遍性问题，栏目组连线建设局房产科负责人，就听众反映的问题进行了解答，并详细介绍了适宜人群如何申请购买廉租房以及目前德宏州廉租住房建设和管理方面的情况。节目播出后，听众打来电话称赞《德宏热线》不仅解决了老百姓身边的困难，还考虑到了大家没有想到的事情，不愧是百姓的贴心人。

一位外地来芒市经商的市民反映，他的子女按规定程序申请入学却遭到校方拒绝。在给《德宏热线》打电话后，栏目记者立即联系相关部门，引起了主管部门的高度重视，专程上门为这位市民办理子女入学手续，并诚恳道歉。主管部门随即在系统内部开展了一次行风整顿活动，其态度之好、速度之快、效率之高，让当事人及广大听众感到敬佩。

节目中的事实无法一一列举，加上每周三晚上都有一个单位或部门的领导上线，真诚地与群众沟通交流。听众从这个节目里看到了政府职能部门在转变工作作风，看到了领导干部在为老百姓办实事。希望这个节目能更加贴近老百姓，反映更多的民声。每天一句"德宏热线，永远是您贴心的朋友"成了这个栏目的标志性声音。

很多时候，热线反映的内容是一些生活琐事。我和栏目组成员总是耐心接听每一个电话，热情接待每一位来访的群众。我们与心急如焚的家长一同在大街小巷寻找走失的小孩，与村民一同感受拿到补偿款后的欢欣。在解决问题的过程中，有时难免坐冷板凳、被踢皮球，有时话没说完对方就挂断电话，有的则一拖再拖，就是不给答复、不接受采访。但是，看着一位位群众带着满意的笑容离开，听到一声声发自内心的感谢，所有的委屈都化作了鼓舞人心的动力。辛勤的付出也换来了听众的回报。一些听众给栏目组送来锦旗、鲜花和水果，送来香喷喷的黄焖鸡，一些司机师傅表示愿意长期为栏目组采访提供交通工具。

由于真正为听众解难事、办实事，《德宏热线》很快建立起一个稳固的收听群，有的相互转告说，解决不了的问题可以到《德宏热线》去试一试。随着节目影响力的不断扩大，电台的知名度不断提高，广播人从中看到了传统媒体在现代社会生活中所起的独到作用。许多听众表示，自己长期坚持收听《德宏热线》，是因为能从中感受到亲情、友情和温暖的存在。

随着受众面的不断扩大，《德宏热线》也吸引了不少周边地区和境外的听众，有些听众还参与节目。17岁的缅甸男孩彭安志在一次火灾中被大面积烧伤，经过治疗后伤口留下了难看的疤痕。在收听节目的过程中，他了解到栏目组帮助了很多贫困患儿治病的事情。2010年8月13日，彭安志拨通了热线电话。第二天，栏目组安排小彭与德宏州医疗集团的外科医生在节目中直接对话，愉快地接受了治疗指导。之后，彭安志多次拨打热线电话，感谢栏目组在他烧伤后的日子中一直陪伴他，给了他生活的信心。

2011年3月10日，盈江县发生5.8级地震后，缅甸听众杨大姐打进热线电话，请求帮助寻找身处地震灾区的二叔。接到电话后，主持人、记者、导播人员各方及时联动，全力帮助杨大姐寻找亲人。两天后，杨大姐从广播中确切得知了亲人平安的消息。

民生问题是党和人民的头等大事。一档服务类节目，只有抓住了大众关心关注的焦点，才能抓住最广大受众的心。在这个用新闻服务群众的栏目中，我越来越感到，要想做好服务类节目，必须保持高度的新闻敏感，随时捕捉受众最关心的民生内容。

《德宏热线》在做好平时接听、受理群众热线工作的同时，还结合当前新闻热点制作多期专题节目，以群众喜闻乐见的方式向群众宣传党的方针政策。在每一个历史时期、每一个阶段，节目把握时代脉搏，围绕党委、政府的中心工作，站在改革、发展、稳定的大局高度，当好党委、政府的好帮手，百姓生活和社会动态的"晴雨表"。州委、州政府及各个职能部门通过这个节目掌握社情民意，及时解决问题，化解社会矛盾，赢得了民心。

2010年5月中旬，德宏部分地区出现群众集中购买食盐现象，扰乱了普通百姓的正常生产生活秩序。在这个敏感时期，《德宏热线》及时播报了州政府紧急部署相关工作的消息，连线州盐务、工商等相关部门负责人，就各部门做好食盐市场管理工作、及时组织货源、科学供应等内容进行了采访，迅速有效辟谣，避免引发新的恐慌和抢购现象。这次宣传，既稳稳抓住了受众的心，又有效宣传了国家的大政方针。节目播出后反响强烈，赞扬政府、表扬节目的电话与短信纷至沓来。

德宏是一个农业州，很大一部分听众来自农村，要做好服务类热线节目，必须紧紧依托农村这个大背景、大舞台。为此，栏目记者和主持人在做好日常接听热线工作的同时，跑遍了德宏的所有县市，深入田间地头，与农民促膝长谈，了解他们的所思所想。通过调查、采访，了解各县市区的地理位置、自然条件、资源优势，找到农民最乐于接受的有效信息传递方式，不断调整节目播报方式，从农村的天然环境中汲取最有营养、最有活力的语言要素。多期节目都能抓住当前受众最关心的问题进行解读，群众真切感受到了政府为民办事高效务实的工作作风，始终保持高度的重视，只要听上这个节目就会一期不落地听下去。多年来，虽然栏目时段有过调整，人员有过变动，但为群众服务的宗旨始终不变，节目覆盖德宏州机关、农村、企业、各行各业，至今保持着监督、教育、互动、可听的优势。

看到群众困扰多年的问题得以解决，听着一声声发自内心的感谢，所有的艰辛都化作了鼓舞人心的力量，我更深深地体会到：扎根于生活的新闻是最最鲜活的。为群众服务，为百姓办事，这是新闻工作者职责的神圣所在！我结合切身实践和体会，及时撰写新闻论文《对广播政风行风类节目的几点思考》，并在2012年度广播电视论文奖评选中获得一等奖。

回想起来，那一个个并肩作战的场景，一个个充满信任的眼神，一次次成长中的艰辛，一点一滴都是那样深刻。感谢那些与我时空交集、心灵对话的人们，灵魂闪耀光辉的人们，他们有着清晰的人生目标，一身正气，充满热情，始终向阳而生，给人力量，催人奋进。

爱好能与职业相统一是幸运的，志业能与事业相结合更是幸福的。在探索新闻为大众服务的道路上，我继续前行。

真情涌动：亲历灾害报道

一

2005年和2011年的两次灾害报道经历，深深留在我的记忆中。

2005年7月20日凌晨，盈江县支那乡发生特大洪涝泥石流灾害，芦山村委会7个村民小组1200多人受灾，群众生命财产遭受巨大损失。我和台里另外两名记者接受紧急任务，奔赴灾区。

这次采访给我们这群年轻记者带来了极大的心灵震撼。在一个多星期的时间里，我们顶着烈日，下泥潭、走泥沼，来回奔波于一个个安置点之间，深入采访受灾现场指挥救灾工作的领导、乡镇干部、云岭先锋工作队员、抢险部队官兵和受灾村民。我们亲眼见证了900多名受灾群众在党和政府关怀下安居乐业的情景，亲身感受到我们的党和人民军队在百姓心中的崇高地位，真切地触摸到了当代军人大公无私、勇于奉献的高尚情怀。

灾害中涌现出抗洪英雄——时任盈江县交通局局长的赵家富。

赵家富在指挥抢险救援时不幸被泥石流卷走。事后，我们采访了他生前的同事俞华和袁玉富。

俞华向我们讲述了当时的情景：

"那一天，我还提醒他，我说雨这么大，要不要出去？他说一定要出去。因为那一天有几个乡的公路又塌方了，把人都埋了四个，车子冲走了一张。赵局长一直牵挂着那邦路的通车，我们就上去了。"

袁玉富说："7月7日早晨8点钟，我上班后，局长通知我到盈那公路。当时雨下得特别大，去那邦公路主要是为了看看27号所定的10天内清通那邦公路的情况。我们两张车一共8人就前往盈那公路，到那邦去。到盈那公路20多公里的地方，突然遇到一堆塌方，把我们的车挡住了，后来我们就绕道从芒允到铜壁关。午后1点左右,局长听到弄璋南永村南怀河发生重大泥石流,需要炸桥,他心里非常着急。涉及炸桥,他必须亲自到现场确定。他就叫我们从原路返回盈江县城。到达出事的芒铜线10公里这个地方,突然,一堆塌方把我们前进的道路堵住了,再往回折100米左右,突然又一堆塌方把我们挡住了。我们几个正准备把大树拉开,前面又塌方了,把我们的路全部堵死。我们就全部下了车,当时看到雨水像泉涌一样往下淌着,塌方也是一小堆一小堆不断往下塌。塌方越来越严重,山已经在吼,嗡嗡地叫。这个时候,局长为了我们的安全,想把我们尽快带出死亡地带,他就带头朝前走,顾雪强同志说要帮局长瞧瞧路,就走到了局长前面,我也跟在局长后面走。2点27分,我陷入一个泥潭当中。我正在拔鞋子。拔起来一看,我大叫一声:'塌方了!'只听到顾雪强大喊着叫局长快跑。我看到局长被一棵大树连人带衣服卷下深沟,顾雪强被巨大的泥石流惯性推到了公路的边沿。"

灾害发生第三天,我们走进一个特殊的家庭。这个家庭的主人是盈江县姐冒中学的老师刘裕民,他的妻子张桂芳是姐冒小学的老师,他们有一个女儿。7月5日姐冒街遭受洪水和泥石流灾害后,这个三口之家一下子就新增了27名"家庭成员",组成了一个特殊的大家庭。

走进这个大家庭,我们看到在一间仅60多平方米的砖木结构的简陋住房里,除了两张床外,地上都是铺盖。正是中午饭的时间,桌上摆着四道菜:清汤鱼、豆豉鱼、白片肉,还有炒蕨菜。当时在家的有刘老师夫妇、两个患病的人和一个有智力障碍的村民,其他人都到受灾的人家帮助清理泥沙去了。

这个特殊的大家庭是怎样组成的呢?张桂芳向我们讲述了当时的情景:"我们学校在得高,看到他们个个都淋湿了,心里难受,就说'赶快、赶快到这里躲雨',然后,我就赶紧烧火给他们烤。他们还没有吃过饭,我就赶紧煮饭给他们吃。晚上,没有住处的那些人,我就把家里的被子拿出来打地铺给他们睡。当时也没有想什么,反正这些都是我们应该做的,普通人看到这种场面,个个都会把他们叫进自己家来的。"

说起这个特殊大家庭的生活,新的"家庭成员"人人都有一肚子感激的话。从他们的讲述中,我们了解到,为了不让乡亲们冻着、饿着,刘老师夫妇把仅有的两张床让给患有风湿病的老人,自己跟其他人一起睡地铺。看到大家伙的家产都被洪水冲走,第二天一早,他们到银行取了2000元作为大家的伙食费。

有风湿病而留在"家"里的刘芹说:"昨天么说个个下过水。怕我们得风湿,我们还没起床,他就早早地去买了猪脚来煮木瓜给我们吃。"

患有严重风湿病的段惠坤说,他们让她去地铺上睡,但刘老师夫妇说什么也不答应:"他们说,不得,还是叫我去床上睡。"

说到这儿,段惠坤眼里流出了眼泪。原来,她第二天才知道,刘老师已经患了10多年的坐骨神经痛,却把自己的床让给了有风湿病的受灾群众。

刘芹和段惠坤你一言我一语地向我们讲述令他们特别感动的一件事:在新的"大家庭"中,有一位有智力障碍的青年,8号夜晚他去上厕所,却不会开门。刘老师的妻子张桂芳听到推门声从床上坐起来时,青年已经把大便拉在了裤子里。张老师赶紧倒热水帮他冲洗,并且拿出丈夫的衣服给他换上,然后默默地洗了脏裤子,洗完的时候,已经是凌晨3点多了。

"刘老师当时说这是小事一桩,但是对于我们来说是一辈子都忘不了的事情。真的感谢他们!"

谁能想到,距离这次事件仅15天后,7月20日凌晨两点,又一场灾害降临到了这个疲惫不堪的小山村!支那乡7个村民小组,49人失踪、1200多人被困在险境中。刚参加完"7·5"抗洪抢险,还没有恢复体力的驻德宏武警官兵、解放军官兵又立即奔赴盈江,投入一场更为艰难的抗洪大营救,经过10多个小时的奋战,安全地转移了1200多名身处险境的村民。

7月25日,我们到达灾区群众安置点苏典乡勐嘎中学和支那乡小学时,面对话筒,乡亲们争先恐后地讲述他们被营救的经过,表达他们对解放军和武警官兵的无限感激之情。

村民蔡学富说:"河水流得急,解放军就砍树架成木头桥,把老人背过来,年轻的又搀扶着走到勐嘎中学,我们真的是感激不尽!"

村民蒋恩孝说:"走不动的,他们背,一个也不落下。在路上,解放军把他们背着的水给老人喝,他们口渴了就只喝冷水。过那个香柏河时,他们一连的,你的手接着我的手,我的手接着你的手,把我们群众一个一个地牵过去,就怕我们掉进河里。走不动的就从桥上背着过。解放军真的是人民的子弟兵。"

村干部早光说:"那天我们急得不得了,半路上来了解放军和武装警察部队。娃娃是背的背，抱的抱，老的老，抬的抬，觉得他们是太辛苦了，他们不上来我们就在那里困着。我天天都是哭着，觉得他们是太辛苦了。"

灾害发生后，有三个70多岁的老人是武警官兵用担架抬下山来的。说起这一段经历，三位老人眼里都闪着感激的泪花。

赵保老人："这一次我们的武警部队关心我。我自己病了动不得，是他们抬的抬、背的背，我扎实感谢他们。我一个老人，要是武警部队不在，我的命就没了。他们把我们搬下来，我病着也是他们耐心地来医治，吃的、穿的、盖的，什么东西都不缺。是他们照顾我们，我感谢他们，不会忘记，我说不完、讲不完的是感谢。"

排勒干老人："感谢党中央，各位领导，还感谢武警部队。我们上下寨有3个小寨，一共有259人，被他们抢救下来了。他们比我们爹妈还爱护我们。"

27日中午，我们走进武警官兵的宿舍，看到四处晾晒着还沾有泥浆的制服，一些战士光脚坐在地上，露出红肿的双脚。采访后得知，他们是盈江边防大队机动三中队的战士。几天前，这支部队刚刚从汹涌的洪水中救出了150多名受灾群众，抢救出了一部分财产，并且与民众一起进行了筑坝的大会战。

罗承梁、高忠良、龙中茂、沙雁斌、王海生等几名战士向我们描述了当时的情景。

罗承梁："我们19号早上10点钟接到命令，进入盏西进行抢险。当时洪水最深的地方在街面上接近一米多，好多群众困在里面，生命受到威胁。我们的战士奋不顾身，进入泥石流当中，迅速地疏散群众。"

沙雁斌："我们先扛3000多袋沙袋上大坝。当时的水非常急，一般的沙袋丢进去，丢多少就会被冲走多少，有些木桩才钉好，人刚刚撤上来就被水冲走，我们组织一批一批的人上。因为连续在水下作业，脚都已经烂了，同志们还是忍住痛苦继续下水。"

记者："沙袋有多重？"

沙雁斌："七八十斤。一连三四天在水里泡着，我们90%以上的战友脚都被水泡坏了。"

记者："在水上堵坝这段时间有多长？"

沙雁斌："三四天时间堵起来。我们都很辛苦，但是觉得很值，心里反正就想着多挽救一点老百姓的财产，多一份安慰吧。"

罗承梁:"看着我们战士脚上流血,有些带病坚持扛沙袋昏倒,老百姓跑过去送药的送药,送水的送水,拉着我们的战士热泪盈眶。"

解放军部队参与营救重灾区芦山村的村民。在采访中,政委张峻峰、连长许海龙和战士刘威明向我们讲述了这次大营救的过程:

张峻峰:"7月20日晚上,我们接到灾情通报,芦山村发生了大面积的泥石流,造成了群众伤亡,还有49名群众失踪。我们当时立即组织了一支由59人组成的抢险突击队,连夜向芦山开进。"

许海龙:"进驻芦山的过程也是一次历险的过程,全程需要翻山越岭,尤其是在晚上行军,相当困难。有一些年轻的战士在之前的抗洪中体力消耗较大,但大家都发扬了连续作战的精神,以最快的速度赶到现场。"

张峻峰:"在21号下午大概1点吧,抢险部队到达了芦山村,看到蕨叶坝、花鹿塘两个自然村已经被泥石流吞没了,有13户群众被掩埋,53人失踪。在这种情况下,我们一方面转移群众,另外呢,寻找可能有生还机会的群众。没有工具,我们的战士在那个废墟里边用自己的双手刨,有很多战士的十个指头都刨出血来了,发现了11具遇难群众的遗体。"

"到了21号晚上9点,芦山村又发生了强降雨,我们连夜巡山、站岗放哨,侦听灾情。到了22号早上的6点20分,开始了生死大转移。在两天的转移当中,一共从芦山村安全地转移出939名群众。"

刘威明:"当时我负责十个孩子还有一个老人。我背着老人,从早上8点钟到晚上的8点多。把老百姓转移到安全地点的时候,我一脱下鞋,脚到处是泡,到处都脱皮了。作为一名新战士,能在抗洪救灾中有这么一段经历,我感觉非常值得。"

2006年初,盈江县采帽乡古里卡村和支那乡芦山村被洪水夺去家园的900多名村民,在经历170多个不寻常的日夜之后,迎来了乔迁新居的大喜日子。

1月18日和19日,盈江县在姐帽、新城两个乡镇分别举行了灾民易地搬迁入住仪式,200多户村民搬进了总投资超过600万元的201幢新建民房。附近村寨的傣族、景颇族群众敲锣打鼓,欢迎这些远道而来的新邻居。受灾群众喜气洋洋,把政府刚刚发放的棉被、电饭锅、大米、食用油等生活物资搬进新家,张罗着举杯庆贺这个终生难忘的日子。

记者:"你们哪天搬过来的?"

村民："我们今天搬过来，刚刚才到。"

记者："来到这里心里高兴吗？"

村民："当然高兴了，真是感谢不完。国家、政府把房子好好地盖起，让我们来住。现在水通、电也通，吃的也有，我们什么泥石流都不怕了，以后再也不用担心了。"

傈僳族村民曹正兴家的12亩田全部被洪水冲毁，家里24个帮忙栽秧的小工中，10人被活活压死。

"当时想都不敢想如何生活。洪涝刚刚过去，政府就发动工作组上山支援我们，送米、送衣、送粮。想起过去的灾害，又想到现在进新家的情景，我很激动，还想流泪。党和政府对百姓那么好，那么关怀，我们感激不尽。我们要传给子子孙孙，永远不忘记党和政府的恩情。"

景颇族村民金学先说："泥石流滑坡后，我们家全部被冲毁，只顾得带娃娃出来。在窝棚里住了一段时间，五六个月后就重新有了新家，有衣穿、有饭吃，我们非常感谢党和政府。"

采访中我们还看到，1月19日在"7·5"洪灾中失去亲人的三名孤儿蔡娅娜、欧艳和欧桂花，一同搬进了一间212平方米的大房子。受灾以来一直悉心照料她们的芦山村小学老师密生莲说，下学期她们会和芦山新村其他孩子一样，走进新学校，结识新同学，开始崭新的生活。

二

2011年3月10日12时58分，盈江大地山摇地动，一场5.8级的地震再次给这里的人们带来了灾难，18400多间房屋被毁，数万人无家可归。

我和其他记者一道，第一时间参与全台抗震救灾宣传报道。

在宣传报道中，直播间与前方记者密切联动，持续73小时关注盈江灾情。通过电话连线的方式，采访到赶赴灾区指导工作的德宏州和盈江县委、县政府领导，抗震救灾官兵，各级教育、红十字会、水利、电力、民政等相关单位和部门负责人，真实、准确、及时地传递党委、政府的声音。与此同时，我们关注灾区基础设施损毁修复、伤员救治、群众生产生活、外界支援灾区情况，深入解析震情，普及防震知识，倡导更多的人向灾区人民伸出援手，奉献爱心。在两个阶段的宣传报道中，前方记者先后与中央人民广播电台、国际广播电台，上海、北京、浙江、山东以及澳大利亚华语之声等10多家电台、网站进行直播连线报道120多条（次），赢得了各方的关注与支持。

在整理、上报每天的宣传工作要点与成效、掌握大量一手资料的基础上，震后半个月，我和三名记者再次深入灾区，挖掘典型，采写出录音通讯《总理来到傣家寨》《帐篷里的"胞波"情》等专题稿件，并在当年的云南新闻奖评选中获得奖项。凝聚集体辛劳与智慧的广播现场直播《直击盈江3·10抗震救灾》也获得当年云南广播电视奖广播社教奖一等奖。

地震过后，距离盈江县城3公里的傣族村寨拉勐村民小组一片狼藉，哭喊声连成一片。中午时分，留在家里的大多是老人和小孩，在农田干活的人们狂奔回去，焦急地从废墟中抢救受伤的亲人。

这场灾难使这个原本殷实的小村庄几乎一无所有，400多间房屋全部被毁，家具和物品被砸得面目全非。家没了，寨子里56户人家200多人今后住在哪里？生活该如何继续？

家住拉勐村的傣族妇女金哞芳永远不会忘记，3月18日这天下午，日理万机的温家宝总理在经过4小时的飞行和2小时的山路颠簸后，不远万里从北京来看望大家。

金哞芳含着泪花讲述那幅令她永生难忘的场景："温总理进到寨子时，全村人在村口排成两排长长的队伍欢迎总理。看着总理一步步走近，大家激动得心都快跳出来了。总理是那么亲切，那么慈祥，他跟每一位乡亲握手致意。随后，总理顺着村道向里走，边走边仔细察看灾情，询问乡亲们的生产、生活情况，看望正在帮助村民清理废墟的解放军战士。"

"乡亲们不要难过，只要人在，比什么都强。房子倒了，可以再盖起来，政府会帮助大家。"总理一句句语重心长、情真意切的话语，一次次在乡亲们耳边响起。

依依惜别了总理，拉勐村民回忆起总理说过的话，心里亮堂起来。

村民思小文说："共产党好，来帮我们盖房子，物资也送来了。温总理都来了，还和我们握手。总理叫我们老人不要伤心。我们都很高兴，高兴得想哭。"

拉勐村村民小组长金小四说:"我们现在有信心战胜自然灾害,有信心重建我们的家园。"

3月24日,我们再次走进拉勐村时,看到的是一派火热的重建景象:在一处宽敞的空地上,村里的青壮年劳力与从各地赶来的支援官兵、民兵、傣族同胞一道,用竹子搭建起一排排简易安置房。村民们说,再过几天,寨子里的56户人家就可以全部从救灾帐篷搬进竹屋。

村边上,卫生防疫人员继续进行防疫消杀和医疗服务工作;妇女们忙着洗衣做饭,孩子们笑着闹着互相追逐。傍晚时分,全村人围坐在村口的大树下,人们谈得最多的还是那场地震,但显然少了当初的茫然,心里满满都是对未来的憧憬和希望。

70多岁的老党员方波岩德给大家鼓劲:"我们相信党和政府,只要我们不灰心,我们的新寨子一定会重新建起来,房子会盖得比以前更好!"

村民们说,他们最大的心愿就是早日重建家园,到那时,还希望总理再来看一看拉勐寨的新面貌,他们时刻准备着,向党中央汇报傣族人的新生活!

震后第二天,盈江县城的3000多人被临时安置在县城中心的大盈江广场。

3月28日,地震过后第17天,我们再次走进集中安置点。

安置点内,833顶帐篷有序排开,远远望去,仿佛是一个满是帐篷的"海洋"。在这片"蓝色海洋"的深处,41个印有"中国红十字会"标志的帐篷格外醒目。工作人员告诉我们,那是地震中缅甸受灾群众的集中安置点,200多名缅籍人士与其他受灾群众一起住进了这个"帐篷村"。

江畔传来阵阵悦耳的吉他声。走近一看,几个缅籍小伙子聚在一起边弹吉他边聊天。经过交谈得知,他们中间年纪较长的一位叫毛毛伦。毛毛伦1991年到中国做玉石生意,在盈江娶妻生子,已经有21个年头了。地震后,他家的楼房全部倒塌,一家六口住进了帐篷。

毛毛伦告诉我们,住进帐篷后,中国政府把他们一家人的生活安顿得稳稳当当,吃住都很方便。现在,一家人已经安下心来筹划重新建房的事儿了。

"现在政府来帮我们,样样帮忙,我们放心了,样样没有问题。我们哪一个人生病,他们马上来检查,药是他们送来的,不要钱。我们在这里住得很放心了,非常满意,大家平平安安,好好地住在一起,我们不想去别的地方了。"

晚饭过后,安置点的公共取水处前,几个前来取水的中国妇女热情地帮助缅甸妇女拧干刚洗完的毛毯，大家一边干活，一边聊着各家的事情，笑声阵阵传出。一群中缅小孩组成的"溜冰队"在帐篷间窜来窜去，几天来，这群孩子在帐篷外认识了很多新朋友。

采访中我们还了解到，许多群众在安顿好自己的生活之后，主动加入志愿者的行列，向需要帮助的人们伸出援手。在大盈江畔，两国人民心相连、手牵手，共同面对灾难，书写浓浓亲情，延续着中缅两国人民源远流长的"胞波"情谊。

住在广场附近的王大妈和一群退休老同志，地震之前每天早晚都会到广场上锻炼身体。地震来临之后，广场变成了受灾群众的临时安置点，王大妈规律的生活一下子被打破。看到这么多受灾同胞需要帮助，她和几个老姐妹依然每天准时来到广场，帮着老乡和缅甸群众搭帐篷、搬运衣物、照看孩子，自发组成了一支老年志愿队，和年轻人一样奔忙在救灾一线。

在志愿者忙碌的身影中，一对缅籍华人姐弟吸引了我们的目光。姐姐玉英说，他们的家在缅甸密支那，两年前随父母到盈江。发生地震后，缅方受灾群众安置点工作最大的困难就是语言不通，玉英姐弟和11名缅籍志愿者主动承担起了救援部门与缅甸群众的沟通协调工作。姐弟俩会说汉语，也能看懂汉字，遇到中方人员开展安置工作时语言不通的情况，玉英就带着弟弟主动当起翻译，帮着打印资料、填写表格。他们每天在小区周围维持社区治安、不厌其烦地向人们解说帐篷区的防火知识。工作之余，还承担起照顾缅甸老人和孩子的职责，帮老人们打水，陪小孩们看书、画画。

晚上10点多钟，天下起了小雨，玉英忙完一天的工作，回到住处。她一边用毛巾擦着淋湿的头发，一边对我们说：

"只要有人需要帮助，我们都会去帮；只要是住在这里的人，大家都是一家人，一家人应该互相照顾、互相帮忙。我喜欢这个工作，能帮助别人，还能认识中国这边的朋友，也愿意把这份工作认真做下去。"

采访结束，调皮的弟弟对着话筒补上一句："我爱中国！"

夜幕降临，"帐篷村"里亮起一盏盏明灯，许多"村民"坐在台阶上聊天，女孩们轻轻唱起歌谣。一间帐篷前，一位缅甸妇女双手合十，面朝东方。玉英告诉我们，这是她每天临睡前必做的事情，她在祈祷幸福安康、平安吉祥、中缅友谊万古长青！

孩子　孩子

一

2007年6月5日，我所在的广播民生监督类栏目《德宏热线》接到热线电话，反映轩岗乡芹菜塘村委会下团坡村民小组有一位四岁女童陈芹香，自出生以来就不能顺畅排便。由于生活贫困，女童一直未能接受治疗。

当天下午，我们到小女孩家进行了采访，看到的情况比听众反映的还要糟糕。一个四岁的孩子本应活泼可爱，但那天下午出现在我们面前的小芹香却极度瘦弱、怕生，一直低着头不肯说话。

那一刻，我立刻想到了刚上小学的女儿，但眼前的场景不容我有丝毫分神。

女孩家的房子是勉强能挡风的老旧木房，家里没有一张像样的桌子。邻居们说，他们家最值钱的东西就是一进门时看到的那堆苞谷。我们了解到，芹香和年老体弱的外公、奶奶、父亲、母亲组成了这个特殊的五口之家。在下团坡村，陈家原本就是最贫困的一户，夫妇俩生下先天残疾的小女孩后，更是雪上加霜。陈家夫妇曾五次到州府芒市为孩子求医，由于没有路费，有几次竟徒步前往。

芹香的妈妈向我们讲述了小芹香的遭遇。

芹香出生后被确诊患有先天性肛门闭锁症，医生建议一岁左右做手术。然而，陈家生活窘迫，根本无力负担万元以上的手术费。四年来，小芹香只能通过下身一个非常细小的直肠末端破裂开口处排便。每次排便都要借助开塞露，用两到三个小时才能完成。芹香妈妈说，每当芹香肚子疼时就会双膝跪地，用力将头往地板上撞。看到她因排不出便而痛苦，做父母的只好用手去挤、去抠。

在咨询过州医疗集团专科医师后，我们了解到，"肛门闭锁"又称低位肛门直肠闭锁，是一种肛门畸形疾病。由于原始肛发育异常，未形成肛管，致使直肠与外界不连通。这种病罕见，发病概率为四千分之一，手术的最佳时间段在1岁以前。由于负担不起医药费，小芹香已经错过了最佳手术期。

为了给小芹香看病，陈家老人拿出了一辈子辛苦积攒下来的4000多元钱。另外，芹香爸爸向哥哥陈国周借的2000多元钱至今都没有还上。由于小芹香特殊的病症，每天在一个相对固定的时间，父母必须守在家里，不能外出务农或做工。芹香一家只有两亩地，一年四季的主食是苞谷面，偶尔加点米饭混着煮，一年吃不上三次肉。乡邻们说，小芹香不挑食，什么都吃，可家里穷，也只能吃些小青菜、洋芋之类的食物。

面对随之而来的手术费，陈家人茫然无措，目前只求填饱肚子而已。眼看小女孩一天天长大，就要到上学的年龄了，他们开始着急。我们初步估算了一下，哪怕是最基本的学杂费用，陈家人都没有能力承担。退一万步说，即使能够上学，谁能保证孩子每次排便时都能够得到老师、同学的及时帮助，而不再遭受常人难以想象的痛苦呢？

在见到小芹香之前，"先天性肛门闭锁"对我们来说是一个陌生的名词，但它真真切切地发生在一个瘦弱的四岁女孩身上。在返回的路上，大家再也快活不起来，几颗年轻的心灵一次次交织碰撞，最终达成共识：我们一定努力，为这个山村女孩找回她轻松无忧的童年生活。

从芹香家返回当晚，我迅速地将采访手记整理成文，并在次日晚8点半播出的节目中，向社会发出了为小芹香捐赠手术治疗费用的呼吁。节目播出后，数名好心人与栏目组取得联系，送来了现金、衣物、食品等。同时，广告部门及时根据报道事实赶制了公益广告，在各档直播节目中滚动播出，一个举全台之力推出的"情系小芹香"爱心捐赠活动在德宏州火热开展起来。

短短十多天时间里，栏目组共收到社会各界人士的爱心捐款3万多元。捐款持续了两个多月，充满爱心的人们有一个共同的心愿，不仅要为小芹香筹集到手术费用，让她早日摆脱疾病困扰，而且要让她像同龄人一样背着书包走进学校，接受教育。后来，经过多方协调，小芹香顺利接受了两期手术，身体恢复正常。

记得第一次到小芹香家采访时，还没有跟她说上一句话，她就放声大哭。

第二次去看她时，她已经能用乡音叫一声"嬢嬢"了。在医院治疗期间，她抱着爱心人士送的玩具熊布偶，已经变得和同龄人一样活泼开朗。看着小芹香从一个怕生、不快乐的小女孩变成一个调皮的女孩，我心里有说不出的满足，细细感受着如同自己孩子成长一般的欢欣。每一天置身热气腾腾的新闻世界，我感觉自己像一条水中的鱼，无时无刻不在完成着自身的洗涤。那也是我头一次深深地体会到：扎根于生活中的新闻是最鲜活的。为群众服务，为百姓办事，这才是新闻工作者职责的神圣所在！

女儿出生成长的关键五年，是我最忙碌的五年。每天的工作任务除了外出采访写稿，还有许多自己给自己加码的压力。记得在她四五岁的时候，有天晚上天气突变，随着一阵雷鸣电闪，雨声变得越来越急促。她竟把两只小手拢在嘴边当话筒，用超出平日许多的语速和声调，半开玩笑半认真地做起了"现场直播"：现在下着大雨，我们赶到了现场！

遇上这种情景，同龄的孩子十个有八个会娇声叫唤着找妈妈吧？她的关注点居然是室外的"突发事件"，着实令我惊讶。那稚嫩的童声反衬着窗外唰唰作响的雨声，让我忍俊不禁，又百感交集。

记者这个职业颇具特殊性，一接到通知就得随时随地外出，从无条件可讲。没能尽心陪伴她度过珍贵的童年，我只觉对她的亏欠越积越多。多少个触景生情的场景，多少个凝神静思的夜晚，我甚至提前预想到如何在她未来的日子里给予她力所能及的补偿。

在救治小芹香的整个过程中，从采访、整理稿件到制作节目，从接收捐款到医院探望，刚上小学的女儿都看在眼里。每逢周末、假期或者晚间的工作，只要不与她的作息冲突，我都会把她带在身边。她跟着我们去芹香家，给芹香送去自己心爱的毛绒玩具，在导播间和同事们一起接听听众的热线。之后的数次类似采访，即使她不能每次都去现场，我回到家后都会把当天经历的事情细细讲述给她听。

现在想来，那一件件救治患儿的爱心善举，那些与山区孩子们坐在没有窗玻璃的教室里上课、与乡村教师奔波几个小时采购生活用品、陪孩子们翻山越岭走在上学路上的日子，何尝不是另一种方式的陪伴？那些奔波在农村小学路上完成的学生营养调查报告，那些见证边境孤困儿童与村儿童福利主任双向奔赴的文字，不都是声情并茂的睡前故事吗？过去的岁月，有时我会懊悔没有及时关心她的感受，但如今我坚信，采访经历中的一点一滴的感悟、一招一式的磨炼，那些原以为过不去的艰难辛酸、意想不到咀嚼到的甘甜，都已经如春雨般悄无声息地传遍了她的身心。

如今，看着她一天天成长为我期望的模样：善良真诚，宽容且有思想，冷静执着，深信美好的生活需要靠自己的双手去创造，不依赖，不偏执，具备许多同龄人所不具备的理性思维。在所谓的青春叛逆期，她并没有让我因困扰而停下奔忙的脚步。

二

或许是因为日益浓厚的母亲情怀，我一直特别关注与孩子有关的题材。

2011年6月，我和台里另一名记者赴盈江县的边远乡镇进行采访，历时半个月。我们与孩子们一起在没有窗玻璃的教室里上课，与乡村教师奔波三小时为学生采购生活用品，陪孩子们翻山越岭两个半小时步行去上学，采集了大量充满乡土气息的影像素材。同时，我们采访了当地教育部门负责人和中小学教育研究学者，深入剖析农村孩子上学难的原因，提出改善农村孩子上学困境的思路，撰写了广播评论《农村孩子"有学上"还要"上好学"》。该作品获得了当年云南新闻奖奖项，也为当地党委、政府加强和改善教育基础条件提供了有效的参考。

农村孩子"有学上"还要"上好学"

"六一"前夕，农村孩子带着干粮远离父母翻山越岭上学的报道令人揪心，多家媒体直指农村孩子"上学难、上学远"的现象，这源于2011年的农村学校布局调整，俗称"撤点并校"。十年来，这项政策给我州偏远山区的农村教育带来了什么？带着疑问，记者在盈江县的几所中小学进行了走访。请听新闻述评《农村孩子"有学上"还要"上好学"》。

43岁的早兴美是盈江县卡场镇黑河小学唯一的老师，学校里有12

名年龄在9到13岁之间的孩子,他们都被合并成一个年级。孩子们在没有窗玻璃的教室里学习,一套破旧的广播音响是这里仅有的教学设备。比起十年前要带着学生背水吃的境况,早兴美已经感到很满足。这些年,令她更加难以面对的是自身学历不够、培训机会少,教学水平得不到提高的无奈:

(录音)主要是我的业务上吃力一点,因为不是正式的师范学校毕业的老师。自己苦些么倒不怕,只是怕耽误了这些娃娃。

记者从盈江县教育局了解到,盈江县"撤点并校"十年来,小学数量减少了50%。由于投入不足,像早兴美所在的黑河小学这样的偏远农村"村小",普遍存在校舍条件差、设备不足、师资水平低、待遇低以及生源锐减的困境。

而在撤并后的盈江县卡场镇草坝半寄宿制完全小学,同样存在着校舍不足、住宿条件亟待改善、师资力量不足、学生上学路上安全隐患大等问题。校长胡赞良说,集中办学意味着在原有167人的基础上,增加了将近一倍的学生。学校的185名住校生至今仍在使用原来的14间宿舍,平均每13人住一间。

记者在走访中看到的是学生课桌里伤痕累累的饭碗、100多人分散在学校各个角落露天吃饭、10多个学生挤在不到20平方米的宿舍里睡觉。

(录音)这里的人就是特别多,睡午觉的时候特别喧哗,很多时候都睡不着。

让胡校长担忧的还有教职工的配备和素质问题。集中办学前,学校有11名教职工。2006年,学生人数增加了130名,但教职工只增加了5名。5年过去了,这一现状仍然没有得到改善。

此外,山区学校地处偏远,山路陡峭不平,加上近年来泥石流等自然灾害频发,学生上学路上的安全一直是家长和老师们普遍担心的问题。

黑河村二组社员姜加增的3个小孩都在离家10多公里外的中心学校就读,每天接送孩子上学成了他们一家最焦心的事儿:

(录音)太远了,有10多公里,走着路送来要3个小时。大雨天走着路去,那种山路,怕滑坡,害怕了,根本是不放心啊。

卡场镇草坝半寄宿制完全小学教师排明强说。

(录音)我们卡场比较偏僻,一个寨子跟一个寨子隔着一二十公里路,农村条件差呢,那种是硬硬地走路,家长在送的途中交通事故也会发生。

教育部一项调查显示,在"村小"上学,在家吃住,每个孩子每年花费不到500元;而"撤点并校"后,食宿费、交通费、零用钱,每年达到2000元。

记者在采访中了解到,一些孩子每次回家会花上5元钱搭乘微型车,每周支出20元,仅交通费一项每月就得花费80元。在黑河这个人均收入只有2000多元的小村庄,对于住校生一个月200元左右的花费,多数村民表示难以承受。

黑河村一组组长余雄联:

(录音)我们这点又是山区,供也供不起,有些时候是顾也顾不过来,也担心了嘛。

草坝半寄宿制完全小学校长胡赞良:

(录音)家庭比较困难的这种国家补助每个月才是75元,每个月还要交几十块钱,那么对有些家庭来说,还是有困难。

记者还注意到,集中住宿学习影响了孩子与父母的亲密关系,使得一些自制力较差的孩子缺少管束养成恶习,还有一些孩子不能适应环境,出现"间歇性失学"现象。卡场镇草坝半寄宿制小学教师思焕章:

(录音)年纪真呢太小了,才只是六七岁的样子,一个班级人又多,班主任又不可能随时都关注着这些学生,他们心理方面感觉还是受影响。

俗话说:"基础不牢,地动山摇。"教育是关乎国计民生的大计,更是促进边疆民族地区加快发展的巨大动力。毋庸讳言,农村孩子不尽如人意的求学状态,最根本的原因是人力和财力投入不足,对教育的重视程度不够。尽管2011年,州财政在比上年增加23个百分点的基础上投入财政性教育经费1亿9千多万元,但对于基础薄弱的农村教育来说，这一针剂只能止痛，不能提气。如果连基本的师资和生活条件都得不到保障，农村孩子想要"上好学"，底气从何而来？

促进教育公平，必须加快发展农村九年义务教育。应加大对农村义务教育寄宿制学校的投入，进一步整合农村教育资源，提高农村办学质量和师资水平，增强政府投入的效益。

农村孩子从"无书读"到"有学上"，走了很长一段路。如何让这些孩子"上好学"，在家门口就能享受到优质的教育资源和环境，需要做出更为长远的努力。

三

儿童关爱保护服务是社会关注的关键一环。2010年5月，民政部与联合国儿童基金会等联合启动了"中国儿童福利示范项目"，选取云南、新疆等五个省区的120个村委会作为试点，每个村委会配备一名专职人员，负责将儿童保护的相关福利政策传递给有需要的人。这些专职人员最初被称为"儿童福利主任"，后来改称"儿童主任"。

到2014年，德宏州结合边疆实际摸索出多元救助模式，使全州两万六千多名儿童受益。那一年，我们深入陇川、瑞丽、盈江三个项目区，采访数名村儿童主任和民政专干，收集到大量一手素材，制作了广播系列报道《让儿童福利零距离》。作品以儿童福利项目的实施为切入点，着重关注边境孤困儿童的生活现状和国家救助的实施成效，同时指出其中隐藏的问题，并在"世界艾滋病日"前播出，在边疆民族地区再次唤起人们对困境儿童的关注与行动。

陇川，在傣语中叫作"勐宛"，意思是太阳照耀的地方。然而，13岁的傣族女孩小柳（化名）却生活在一个阳光无法照到的破碎家庭中。她的家在陇川县景罕镇景罕村。父母离异后都离开了家，父亲常年音信全无，母亲的关怀仅限于偶尔打来的一个电话。小柳一边上学，一边照顾患病的外公和5岁的弟弟，家里原有4亩田地，但姐弟俩根本无力耕作。

小柳不知道父亲吸毒、母亲感染艾滋病的事实。面对村里人异样的目光，她百思不得其解，但也从不与人争辩，任凭自己变得越来越沉默。

"爸爸和妈妈是在我三年级的时候离婚的，刚离婚我妈妈又去打工。外公每天都咳嗽，万一他哪天不在了，我也担心。我说想回家去照顾他们，他说叫我住校。"

生活上的困难没有吓倒小柳，这个懂事的女孩一肩挑起生活的重担，成了家里的顶梁柱。

"我家穷，爸妈又不在，又被村里的人小看。我去上学看到别的孩子，我说不出来……"

广帕村14岁的景颇族男孩石头（化名），7岁时，父亲因吸毒去世。为维持生计，母亲到处打工，家里常常只有他一个人。长期缺少关爱，石头变得越来越孤僻、叛逆。面对生人，他只能简单的点头或摇头，宁愿偷偷流泪也不愿说上一句话。村里人说，他是附近的"孩子王"，打架闹事的地方总少不了他。

广帕村曾是受毒品危害最严重的地方，在那里，像石头这样的孩子还有很多。在采访中我们了解到，广帕村561名孩子中，有8名儿童因为父母吸食毒品被强制戒毒而成为"双亲孤儿"；有32名儿童的父亲被强制戒毒，母亲改嫁，孩子留在村里成了"单亲孤儿"；另外还有24名事实无人抚养儿童、48名留守儿童、7名残疾儿童。在这些孩子当中，有177名孩子的父母吸毒，256名是低保家庭儿童，44名孩子的父母患病，处于困境当中的儿童占到了50%以上。尽管政府出台了许多保障儿童基本权益的政策，但那里的孩子和他们的家人往往并不知晓。许多孩子到了上学的年龄，却因为不知道怎么上户口而无法正常入学。

在中国的任何一个最基层村委会中，有妇女主任和村医，唯独没有专门针对儿童这一特殊群体的服务人员。那么，像小柳、石头这样在缺乏亲情的环境中成长的儿童，他们的无助由谁来分担？谁来缓解边境孤困儿童成长的苦楚？

儿童主任的到来改变了这一切。

德宏州在第一批试点名单中，划定了30个儿童主任模式先行示范村，通过考试层层选拔了30名村儿童主任，服务村中0岁到18岁的少年儿童。儿童主任并不仅仅在六一儿童节为孩子们提供服务，平时，他们要进行家访、帮助办理出生证明、户口、入学、免疫接种等各类手续，确保每个孩子享受到国家政策规定的福利与权益。除了直接提供服务外，儿童主任还可以通过向乡或县一级民政部门汇报，为有需要的儿童提供相应的转送福利院等服务，通过向村委会和主管乡长、县长汇报，为儿童提供非民政系统的服务。

2010年9月，景罕村的板小莲通过层层选拔，成为陇川县第一批10名村儿童主任中的一员，从两个孩子的母亲、村里的小学代课教师变成了20个村小组1000多名儿童的大家长。

板小莲回忆，第一次见到小柳，觉得这个13岁的傣族女孩很安静，甚至有一些忧郁。

"她跟我讲说大妈，我家没有种烟的人，要咋个整？低保也不得吃了，以后生活怎么办？从那时起，我们就像亲戚一样经常沟通，我领着她也像领着我自家的娃娃一样了。"

当板小莲得知小柳的弟弟已经5岁，因为交不起入托费一直待在家里时，她立即联系陇川县民政局，为小柳家申请了低保，又多次与镇上的幼儿园沟通，为孩子减免入托费用，让孩子进了学前班。后来，在板小莲的帮助下，小柳还顺利获得了学校的助学金。

板小莲和小柳如亲人般相处，乖巧的小柳总是让板小莲忍不住多关心一些。

"比如我们小姑娘在青春期有什么变化，我都会跟她讲讲，还有生活方面的事情，比如做饭、做菜、炒菜、捡菜这些我都会教她。在我注意到她指甲长了，就催她赶紧剪掉。对这个娃娃，我就跟当妈一样了。帮助她的时候，她高兴了，我心里面也是说不出的那种高兴。"

因为板小莲阿姨的帮助，小柳的生活有了新的色彩，性格也渐渐恢复了以往的活泼。在她心中，村里的儿童主任成了她每天看得见、摸得着的"妈妈"。

"她在我身边就像我的爸爸妈妈，让我心里感到好受，有人关心、有人照顾、有人疼爱。"

小柳的外公也在一旁说道："样样都是靠着她，有什么事都找她，比我姑娘好几倍，比我姑娘还要关心得多。"

2014年5月，作为项目区的代表，小柳在民政等相关部门的协调下，平生第一次到了首都北京。在北京师范大学宽敞的礼堂里，她向人们真诚地讲述了儿童福利项目给她和她的村庄带来的改变。

2010年，33岁的李正传应聘成为陇川县广帕村的儿童主任，成了村里561个孩子的"爸爸"。

一下子要面对561个孩子，单单回应一声都让李正传应接不暇，原本平静的生活变得忙碌起来：帮着村里有孩子的家庭上户口、申请低保、助学金、营养包；有困难儿童家里需要钱，他帮着筹措；对于有特殊困难的孩子，他协调教育、卫生、民政等部门解决问题。同时，还要负责"儿童之家"的日常运转。

几个大一点的孩子看到李正传忙得团团转，主动过来帮忙，王干棍就是李正传的第一批小帮手。提起"儿童之家"，这个村子里出了名的强壮小伙，脸上露出了难得一见的笑容。李正传说，王干棍的笑容就是他的快乐。为孩子们服务，他同样收获了幸福。

"我特别喜欢做这件事，看着他们一天天长大，一个比一个懂事，手里有点小零食，在路上见到我会递给我，这些是多少钱都买不来的快乐。我能够多做一点，我就要把这些告诉他们，让他们知道自己的权利，让他们知道自己能得到什么。"

板小莲和李正传知道，在他们周围，还有许多像他们一样的人，每一个人都管理着十几个村组的上千名孩子。从上户口到上学，从申请免费疫苗到申请低保，从改善生活环境到关注孩子心理健康，事无巨细，常年奔走在边境线上，为孩子服务。

陇中村是盈江县一个典型的山区村庄，村寨密密地紧贴着山脊。2011年，杜赛芳接替一名大学生村官成了村里的儿童主任。

见到她时，杜赛芳正在"儿童之家"组织亲子游戏。4岁的段永飞是一名留守儿童，父母常年在外打工，半年才能回一次家。那天正好是他妈妈打工回来的时候，可惜当他拉着妈妈跑到"儿童之家"时，游戏已经结束，小永飞抱着妈妈哭得很伤心。杜赛芳急忙上前安慰，并向永飞的妈妈讲述孩子的变化。

杜赛芳说，村里留守儿童很多，大多数孩子在上学前都由爷爷奶奶照顾。但是很多老人不识字，也不会和孩子做游戏。孩子们喜欢"儿童之家"，那里是他们寻找快乐的地方。

"儿童身边应该有服务！中国儿童福利示范区项目的成型正是源于这样的思考。"儿童福利项目的实施，使得儿童在寻求帮助时，有反映问题的地方，有协调的人，能够在最短的时间内回应儿童的诉求。时任北京师范大学中国公益研究院儿童福利研究中心主任的高玉荣在评价德宏州所做的工作时说，德宏的工作成效是整合资源、部门协作的典范，也是圆满落实基层儿童福利服务体系建设的典范。

在瑞丽市暖波村委会，年轻的村儿童主任瑞林一个人要面对800多个孩子，每天的工作除了解决问题还是解决问题，瑞林常常要到村民家中了解情况，帮助他们写材料向上反映。

一次在家访中得知，村里一户人家捡到一个女婴，除了劝说这家人送孩子去体检，她面临的更大问题是如何为孩子上户口。瑞林从来没有接触过这些事情，但她用了两个月的时间，每天骑着摩托车往返于派出所和民政局之间，盖了20多个章，终于为孩子上了户口。

还有一次，暖波村村民品晃拿着医院的检测报告单找到村儿童福利主任瑞林。她家小孩被检查出先天性心脏病，医生说手术费要10万左右，品晃痛心地说："别说是10万，现在家里连1万都凑不齐，可一家人不能眼睁睁看着生病的孩子不救啊。"

正在"儿童之家"带孩子们做游戏的瑞林立即向设在市民政局的儿童福利示范区项目办公室反映了这个情况。经过多次电话联系，瑞林了解到大盈江慈善协会有专门帮助0—16岁农村贫困儿童治疗先天性心脏病的项目。经过对接，大盈江慈善协会希望瑞林将孩子的情况以及资助申请表用邮件发过去。然而，当时正赶上暖波村电线改造，村里已经停电一星期。情急之下，瑞林骑上摩托车直奔市民政局，一个小时后用民政局的电脑把资料发了过去。

"我家里人问我说：'你图什么？你天天带人家去办那个办这个，你的油费都花了多少。'我说：'先不管了，先把这些孩子照顾好再说，人家那么远的地方都有那么多好心人来帮助孩子，我们这点算什么。'"

相比自己每月微薄的工作补贴，瑞林更关心的是儿童福利项目能否长期延续，困境儿童能否得到长期关爱。

"如果这个项目结束了，谁来关注这些孩子呢？谁来看望这些孩子？这是我最担心的问题。"

板小莲也有着相同的担忧，除了待遇问题，还有自身能力提升的问题。面对那么多的孩子，几乎每一项申报都需要完成各种上报材料，仅有初中学历的板小莲常常感到力不从心。

与板小莲和瑞林相比，李正传每个月能多领1200元，因为年初他被选举为广帕村民小组的村副主任。然而，我们了解到，像李正传这样能领取另一份补贴的儿童主任并不多。

儿童主任的出现填补了空白、搭建了桥梁，满足了边境村寨困境儿童的急迫需求。他们是家庭、学校之外离儿童最近、最了解儿童需求的人，也是国家政策与困境儿童对接"最后一公里"的直接执行者。如何留住这些人，保障这"最后一公里"路程的顺畅，显得尤为重要。

在后来的采访中，我们欣喜地了解到，为了让儿童主任安心工作，从2014年开始，瑞丽市在前期10名的基础上，在全市29个村委会又各设置了一名儿童主任，每年拨54万元经费，按每人每月1130元的标准进行补贴，在全国率先实现了以县（市）为单位的儿童主任全覆盖。期望在示范项目结束后，能将儿童福利服务体系延续下去，打造一支永远不走的儿童主任队伍。

记得那次采访临出发前，我带了一些女儿五成新的衣物、鞋子，所到之处都派上了用场。我和同行的记者把身上为数不多的现金悄悄塞进几个孩子的衣袋。历时半月的采访结束，回家见到女儿，有好几次，我又把那一个个饱受毒品与艾滋病折磨的孩子的脸隐隐叠加到她的笑容里。如果不是亲眼所见，我们不敢相信就在离我们那么近的地方，还有那样一群处在困境当中的儿童，需要更多的人付出持续长远的关怀。当时我也没有意识到，以这样的方式陪伴女儿成长，我的身心其实从中获得了养分和力量。一个星期后，一组近万字的系列报道《村里有了儿童福利主任》顺利完成。这篇报道后来在当年的云南新闻奖和云南广播电视新闻奖评选中两次获奖，再一次给我莫大的鼓励。

2019年，民政部等10个部门印发《关于进一步健全农村留守儿童和困境儿童关爱服务体系的意见》，要求村（居）委员会普遍设立儿童主任，并明确儿童主任的具体工作职责。2021年，我国修订了《中华人民共和国未成年人保护法》，提出每个村（社区）至少设立一名儿童主任，首次提出实现专人专岗。截至2022年年底，全国已配备66.7万名儿童主任，基本实现村（社区）全覆盖。2023年，民政部等15个部门联合印发了《农村留守儿童和困境儿童关爱服务质量提升三年行动方案》，对各地进一步加强儿童主任队伍建设，健全日常管理制度，完善关爱服务内容清单，加强专业能力培训，提升农村留守儿童和困境儿童关爱服务质量做出部署安排。

2024年年初，我们见到了依然在岗的儿童主任板小莲，还有这些年坚持服务儿童、取得优异成绩的瑞丽市姐相乡俄罗村儿童主任瑞应。

13年过去，她们跟村里的孩子建立了深厚的感情，虽已步入中年，但脸上依然洋溢着光华。从常规入户登记，到相关儿童政策的介绍、解析，再到心理辅导、活动带教，不仅专业技能上得到了极大的提升，个人成长上也有了不一样的感悟。2016年12月，项目方试点工作专家组向她们颁发了"基层专家"证书，充分肯定了她们在全国基层儿童福利服务体系建设试点工作中为儿童及其家庭识别需求、收集信息、链接资源并解决问题的过程中展现的专业态度和能力。

陇川县民政局工作人员张发勇长期从事儿童福利和社会事务保障工作。他告诉我们，这些年，通过新农村建设、乡村振兴战略的实施，村民生活好了，儿童家庭结构状况都发生了很大变化，受毒品和艾滋病困扰的困境儿童几乎没有了。项目试点期结束后，这项工作在百县千村全面推开，村"两委"的儿童福利服务工作逐步步入常态，工作重心也转向了特殊困境儿童及家庭。2019年4月，在前期10个村的基础上，陇川县实现了全县77个村委会及社区的儿童主任全覆盖，同时进一步落实了儿童主任的工作补贴。现在，板小莲每个月可以领到1800元的儿童福利主任补贴，比十年前翻了一倍多。

这些年，板小莲不仅将"儿童之家"打理得井井有条，还尽其所能为特殊妇女、儿童解决实际困难。2013年6月，板小莲光荣加入中国共产党，2019年又被县民政局聘为民政协理员。在享受低保、五保、优抚对象家中，常年有着一个操着傣族口音的妇女在嘘寒问暖。在景罕村的大小寨子，只要提起板小莲这个名字，汉族群众会说"好干部"，傣族群众会说"哩叠叠"。板小莲的家成了村民们最熟悉的地方，遇到需要帮助办理的事项，还有子女报考志愿、家庭教育方面的问题，大家都会主动上门询问。

我们到达景罕村当天正值孩子们的寒假，板小莲加快了入户走访的节奏。在12岁女孩钱学雁的家中，仿佛又见当年她与小柳对面而坐的情景，还是那样关切的眼神、那样体贴的语气。提及当年的小柳，板小莲眼眶湿润了，低头良久，她不再说话。她在沉默中，一定又回到了那一群孩子的身边，回到了那些交付真心的岁月。

现在，村"儿童之家"不定期举行的亲子活动，成了板小莲的另一项工作内容。那些曾得到过她服务帮助的孩子，有的大学毕业后回到当地工作，有的在外地念大学，放假回家，他们都会回到村里，帮着组织活动，带弟弟妹妹们玩，成了板小莲得力的小帮手。

和板小莲一样，瑞丽市俄罗村的儿童主任瑞应也有着同样的感慨："我最高兴的是，那些我以前服务过的孩子每次回来，都会来看看我。有些即使没有回来，也从微信上发信息给我，跟我报告他们的学习生活情况，把我当成他们的家人。"

刚刚50岁的瑞应，曾担任过两届村"两委"委员，13年来一直坚守在儿童主任这个特殊的岗位上。

高中毕业那年，瑞应以2分之差与大学失之交臂，于是到乡村小学做了一名代课教师。应聘村儿童主任后，她的第一项工作任务就是挨家挨户采集986名儿童的基本信息。从未接触过电脑的她，从开关机开始学习，用半天时间学会了打字。那时村委会的工作电脑还不能满足所有人的需要，她白天入户，晚上工作到半夜，用一个月时间，走遍俄罗村委会下辖的13个村民小组，将每一名儿童的基本信息一一录入归档。

瑞应工作的"儿童之家"活动室，文件柜里陈列着一排排分类清晰的简报，墙面上满满当当都是孩子们游戏活动的照片。瑞应说，这只是其中极小的一部分，这些年她拍下的照片已经有几千张，都收集在自己的QQ空间和电脑硬盘里。觉得自己忙不过来了，她很快培养出几个小助手。瑞应骄傲地指着墙上的几张照片说，"这些都是小管良照的呢，那时候他才只有六岁！"

那年，10岁的女儿也帮着她整理资料和照片。2018年，村"儿童之家"在建，瑞应把活动室搬到自家院子，女儿和母亲自告奋勇成了一大群孩子的义务监督员。尤其是在两个假期，每天总是准时准点站在村口帮忙接送，时刻留心着八九十个孩子的出行安全。

在一本工作笔记的扉页上，一张醒目的黄色便笺纸上，瑞应用娟秀的笔迹写下了3个傣族名字，每一个名字后面分别标注出3个数字：岩核629分、勐明628分、顶汉586分。询问后得知，这3个孩子都是她长期跟踪服务的对象。他们是2010年第一批走进"儿童之家"的孩子，当年都在读小学六年级，年龄相仿，后来，他们都在2018年考上了大学，名字后面的数字是他们当年的高考分数。瑞应对此感到非常自豪。岩核和勐明都是单亲家庭，父亲都已去世。岩核大学上的是警校，2022年到西双版纳从事公安工作，勐明学医，回乡后在姐相乡卫生院工作；顶汉从民族学院毕业后在盈江任教。

瑞应说，还有2个孩子记漏了，当时真的忙不过来。她有几个特殊的档案夹，里面是所有需要重点关注的儿童家庭资料。经过多年的积累，这份名单已经有300多人。

"工作远没有想象的那么简单，那段时间辱骂、驱赶成了家常便饭。"

瑞应回忆，在为第一个困境儿童服务时，就遭遇了当头一棒。孩子的妈妈是一位处在痛苦与恐惧中的感染艾滋病的单亲母亲。当年她用扫帚将瑞应赶出家门，并用很多难听的话警告她不要再踏进家门。

瑞应在2016年整理的一篇心得体会中，道出了儿童主任工作的酸甜苦辣，读来情真意切，触动人心。

我刚接触这个工作时也是一头雾水，不知儿童福利是什么意思，要做些什么。在项目专家老师的指导下和多次培训后，我就开始走村串户地收集了解全村儿童及其家庭的情况。通过走访，我基本上摸清了本村儿童的底数，也掌握了各类儿童的信息。真是不看不知道，一看吓一跳：都说童年是美好的，但是很多儿童的生活状况，着实让我感到揪心。我万万没想到就在我身边竟然还有那么多身处困境的孩子。

俄罗村儿童之家原定的开放时间为每个周末的上午9点到11点，下午3点到5点，而现在儿童之家的开放时间已经不固定了。每到周末，天还没亮，孩子们就打着手电筒，骑着小自行车来到我家门口，等待儿童之家开门。一次入户走访时，一位孩子的奶奶对我说："瑞应呀，你们儿童之家不要那么早开门嘛！我孙子每到星期六夜里都要起来好几回，闹着要去儿童之家玩。我说天没亮呢，让他再睡会儿，过几分钟他又把我推醒，问：'奶奶，天亮没有，我可以去玩吗？'我们一家都不得好好睡觉。"

现在，儿童之家已经成为孩子们学习、娱乐和交流的平台。孩子们每天放学后都会到儿童之家，有的做作业，有的看书，有的玩玩具。有时到了吃饭时间都不肯走。我催促他们回家吃饭，有个孩子让我借手机给他，好打电话给他妈妈，让他妈妈把饭送到儿童之家来。我告诉他阿姨也要回家吃饭了，他竟然说让他妈妈也带饭给我吃。

为了让孩子们在儿童之家玩得愉快并有所收获，我每周都会安排一个主题活动，例如蚂蚁搬家或两人三足。这些活动受到了孩子们的欢迎，一些年龄较小或不属于本村范围的儿童也积极要求到儿童之家参加活动。5年来，俄罗村儿童之家组织开展儿童活动和亲子活动达240次，参与人数达6000人次，其中家长1250人次，儿童4750人次。参与活动的儿童还包括残疾儿童28人次。

一个叫相卯的小朋友说："阿姨，我还小，很多哥哥姐姐玩的游戏我都还不会玩，但我可以在旁边学，也可以帮他们捡捡球。以后过节，我就来这里过，可以吗？"

顶应小朋友的妈妈带她去报名学前班时，因为年龄不够不能就读，她就对妈妈说："学校老师不收我，我不怕，我来儿童之家读书就好了。"

10岁的男孩吞沙，他不是我们村的孩子，也来参加儿童之家组织的活动。后来吞沙对他妈妈说，他想把他的户口转到俄罗村去。他妈妈问他为什么，他说俄罗村有儿童之家，可以参加很多活动，有些活动是妈妈和孩子一起玩的。妈妈从来没带他玩过，他说他很羡慕俄罗村的小朋友。

农村大多数孩子都没走出过本寨子，2011年8月我们村有两个孩子有幸参加了"海航之翼　关爱儿童夏令营"的活动。两个参加夏令营的孩子，一个是父母双亡的孤儿，另一个是贫困单亲儿童。参加完活动后，两个孩子和我说："我还以为世界就是瑞丽那么大呢，我以后一定会好好读书，走出瑞丽。"现在，这两个孩子，一个成了木雕师，已经参加了工作，另一个已经上了高中。

2015年2月，儿童之家组织开展了两期爱国主义教育活动，这次带领小朋友去瑞丽的莫里瀑布和畹町滇缅抗战纪念馆参观。活动结束后，许多孩子的心理都发生了变化：

11岁的女孩俩麦，父亲被强制戒毒，母亲早已改嫁，她跟着表叔一家生活，表叔家的生活条件也不是很好。俩麦经常被村里的孩子欺负，上学和放学路上，几个小朋友的书包都让她一个人背。因为缺乏父母的关爱，孩子渐渐变得性格内向，不爱说话，在家访时，我问她想不想参加郊游活动，她只是冲我点点头。在参观滇缅抗战纪念馆的时候，一位工作人员一直牵着俩麦的手，活动结束后，俩麦对我说："今天被人牵着手走路,感觉好温暖。"听她说完那一瞬间,我真的很想哭,当很多孩子觉得被大人牵着手走路很烦的时候,在她的眼里竟是幸福。

10岁的女孩相嫩参加活动后告诉她妈妈:"妈妈,今天我和好多小朋友坐在一张大桌子上吃饭。"相嫩的爸爸常年在外打工,家里只有她和妈妈,妈妈又忙于农活,她和妈妈吃饭都不在同一时间,前前后后一人一碗就吃完了。所以孩子觉得一家人能坐在一起吃饭是件非常美好的事。

家住俄罗村民小组的岩核,父亲早年去世,家里只有外婆和妈妈。外婆已经八十高龄,身体不好需要照顾。岩核觉得自己是家里唯一的男人,考上大学也不想去读了,想外出打工赚钱养家。知道这一情况后,我赶紧去家访,给他的母亲做工作,并积极帮助他向有关部门递交了助学申请。通过我的帮助,岩核顺利地上了大学。他说他决心好好读书,将来找个好工作,改变自己和家庭的命运。

俄罗村板东村民小组的女孩喊闷是个孤儿,与爷爷相依为命。爷爷已经八十高龄,身体不好。喊闷今年读六年级,因上学没有人接送,想辍学在家。我得知情况后立即去她家找她做工作,为她申请了孤儿基本生活费等相关救助,最终喊闷得以重返校园。

岩管喊是个患小儿麻痹症的孩子,因为发育不良不能走路,生活不能完全自理。去他家家访时,他跟我说他想读书,想请我帮他联系学校。我向市残联咨询后得到回复,目前瑞丽市还没有特殊学校,暂时不能接收像岩管这样的学生。所以我只能送他几本书和作业本,让他利用学前班学过的拼音先自学。现在他基本能说些汉话并看懂一些汉字了。

女孩占喊于2015年考取了高中,但由于家庭困难,父母想让她去外面打工。占喊来到我家里说想继续读书,我听后赶紧去她家里与她父母沟通,将她的情况及时向项目办反映,并向民政局申请助学金。后来,占喊顺利就读了高中。此外,我还为占喊联系到了一位社会爱心人士的帮助,她每个月可以得到500元的生活资助。

5年来,我为12名考取大学的家庭困难学生申请了2.4万元助学金;为3名患重病的儿童申请了2.2万元医疗救助;为16名家庭困难的儿童申请了低保；为18名困境儿童申请了"营养包""学习包"和"生活包"；为一名脑瘫儿童申请了垫子；为一名患小儿麻痹症的儿童申请了坐便椅。

农闲的时候，儿童之家都会适时组织亲子活动。俄罗村有好几个村寨与缅甸毗邻，受这一特殊地理环境的影响，几个村寨的青壮年人口吸毒、跨国事实婚姻等情况普遍存在，而且他们都不识汉字，大部分听不懂汉语，这给亲子活动的开展带来一定的困难。

刚开始的时候，来参加活动的家长们和我一样害羞，都不好意思和孩子一起玩游戏。扭扭捏捏中，第一次亲子活动勉强结束了，我想：这样的效果，以后还怎么开展活动啊？但让我意外的是，这次不算成功的亲子活动，却让孩子和家长感触颇多：

男孩岩板旺的妈妈对我说：刚才玩游戏时，我儿子把手搭在我肩膀上，我全身都在发抖。自从我儿子断奶到现在我就没抱过他，要不是今天参加游戏，我都没机会和他这么亲近，我都想哭了。

男孩岩管喊的妈妈说：我儿子原来不爱和我说话，参加亲子活动后我觉得他变了。他问我以后还来不来参加活动，问我怎样才能和他一起玩游戏，问我们一起玩游戏时他和我配合得好不好。

女孩彩俩的妈妈说：我平时干活太忙了，从来没有时间关心孩子怎么玩，原来和孩子一起玩原来是这样开心，好像我都变成小娃娃了。

听到这些，我感触良多，原来每个家庭里的父母与孩子都已经变成了"最熟悉的陌生人"。

家长的信息反馈，让我更加坚定了开展好活动的信心和决心。趁着这股劲，我们先后开展了"家庭教育""做好家长""健康的生活从孕育开始""了解儿童的不同发展阶段""了解青春期""亲子间的沟通"等12期家长培训，来参加培训的家长里还涵盖了缅籍家长。

家长们通过培训平台，相互之间进行了交流与讨论，大家的观点直接而朴素。参加培训的家长们都说，他们在培训与交流中得到了启发，得到了快乐，家长培训让他们学到了教儿育女的知识。十二期培训后，许多家长还问我：下次什么时候培训？我们要把老公一起叫来听，教育儿女的任务也有他们一半呢。

旺管（家长）说：家长培训让我学到了好多教育娃娃和保护娃娃的方法，可惜我只懂傣文，如果我懂汉文，我一定要学更多养育娃娃的知识。

喊架（家长）说：我的孩子16岁了，有点不听话。参加家长培训后，我知道了要多和孩子谈心，不要总是骂他们，我要学会换到他的位置上想想。以后我想和儿子当朋友。

旺信（家长）说：原来对待娃娃的态度还有"忽视"和"冷暴力"这种说法啊，我以后对待娃娃的方法和态度要注意了。

孩子们的世界里多了阳光和笑脸，家长们也把我当成了"知心人"，愿意把心底的秘密向我诉说……

瑞应

2016年3月22日

2019年5月，在项目方第二期试点结束之际，作为全国五个试点省区中唯一一个获得全国优秀儿童主任个案服务特等奖的个人，月底，瑞应到北京领取了这个令人无比自豪的奖项，见证了那个令人荣耀的时刻。

瑞应接着向我们讲述"特等奖"个案服务的主角——傣族男孩罗喊的故事。

"2010年8月，我在入户家访时发现一个家庭有三个孩子。当时觉得很奇怪，计划生育政策实行这么多年，这个家庭怎么会有三个孩子？经过了解后得知，原来这三个孩子中最大的那个男孩罗喊是户主的弟弟。罗喊的父母去世后，他只能和姐姐相依为命。后来姐姐结婚，随着姐姐的两个孩子出生，这个本来就不富裕的家庭更加困难，罗喊也面临辍学的危险。

"了解情况后，我到学校走访了他的班主任。老师说罗喊是个非常懂事、学习非常努力的孩子，只是这段时间爱旷课。老师也去家访过两次，都没见到人。从学校回来后，我直接去了罗喊家，告诉他姐姐：罗喊是个懂事且爱学习的孩子。他姐姐听后没有说话，哭了。她说这两天都没让他去读书，而是让他跟着一起干农活。每次下地干活，都只能把两个小孩子带到田边地头放着，风吹日晒也没办法管。罗喊的姐姐也想让他读书，可是真的没办法。"

经过多次入户，瑞应终于说服罗喊的姐姐让他继续念书。2011年5月，为罗喊申请到了孤儿补助。

"开学前几天，罗喊来找我，说家里负担太重了，他想帮姐姐分担一点，不能去读高中了，还是想出去打工。我告诉他，你年龄太小，出去也找不到工作，因为用童工是违法的。就算你不去读高中，但也要去上职业学校，学个一技之长，将来也能找到一个好工作。说了半天，他说喜欢红木雕，去学红木雕就有一门手艺了，而且还能早点出来找工作，问我可以帮他吗。听着他说的这些话，我真是心疼。我答应为他联系合适的学校。

"2015年，罗喊从职业学校毕业并找到了工作，工资还挺高的。现在的罗喊已经是一个大男孩了，还是那样爱唱歌爱弹吉他。他很喜欢现在的工作，对生活也充满了热情。罗喊每次见到我都会跟我说：'阿姨，如果没有你当年的帮助，就没有我今天的生活，我真的很感谢你。'看他过得很好，我从心里为他高兴。简报一周一期，从2010年到现在，一期都没有中断。家访每个月开展两三次，家访记录我也坚持着写。"

瑞应轻描淡写的讲述中，我翻看她垒得快有奖杯高的工作笔记，其中有民政法规、儿童工作理论以及家庭教育方面的学习内容和心得体会，有服务儿童家庭的基本信息以及跟踪服务的进展情况。随手翻到的页面，字字句句流露出真诚。我看到了除罗喊外情况更复杂的困境儿童家庭，感受到她这一路坚实沉稳的足迹，也看到了像她一样遍布乡村的儿童主任，为千千万万处于困境中的孩子和家庭所做出的巨大努力和奉献。

2013年10月13日

入户的这个家庭属于孤儿家庭。孩子的母亲在他五岁时因生第二胎大出血去世，父亲带着刚出生的婴儿回四川老家后再未回来。这个孤儿随姨奶奶一起生活。由于姨奶奶家也有一个三岁的娃娃，且家庭不富裕，通过多方面了解，发现这个孩子生活确实存在很多困难。经过向上级汇报后，为这个家庭申请了低保名额，解决实际困难。

2018年3月20日

相弄的爸爸在她很小的时候就出去打工了。据相弄的大爹大妈说，她的爸爸被强制戒毒，而相弄的妈妈在她8个月大的时候就跑回缅甸了。爸爸去打工后从未给相弄寄过钱回来。一直以来相弄都跟大爹一家生活，她现在把大爹大妈叫成了爸爸妈妈，因为她也记不得自己亲生父母的样子。因大爹大妈一家都很善良，相弄的生活过得很幸福。这次家访是想帮相弄申请最低生活保障。

2018年6月26日

喊很岩：父亲

岩：长子

论晃：母亲

汉良：次子（随母再嫁）

喊很岩于3月份突然去世，长子岩被强制戒毒。现在家里只有论晃（母亲），而母亲自从父亲突然去世后身体一直不好，还在住院。缅甸随嫁过来的儿子汉良在深圳读高中，他们家很困难，不知道自己能帮他们家做些什么。

2018年7月16日

亮行的妈妈因患大病去世，他爸爸也患有大病，身体状况看起来很差。这次上门去了解上次帮他家申请的事实无人抚养补贴的资金使用情况，同时准备帮他写一份临时救助申请。

从2012年到2019年，瑞应在工作笔记中还详细记录了近年来对特殊困境儿童李建春的跟踪服务情况。

2018年9月29日

母亲是缅甸人，父母是事实婚姻。孩子几个月大的时候母亲离开了。孩子和爷爷、爸爸一起生活。平时爸爸不管他，爷爷年老也没有力气管他。2017年2月，爷爷无疾而终，家里就剩下孩子和爸爸了。爸爸平时帮人放牛，不管孩子的吃喝拉撒，也不按时送孩子到校读书。孩子现在9岁了才读一年级。

2019年6月30日

从孩子爷爷去世开始，父亲就不管他是否吃饭、是否洗澡、是否换衣服、是否生病了，到现在孩子已经9岁了还不会自己上卫生间，会随地拉屎拉尿，不会自己洗漱，平时总是满身污垢，衣服脏兮兮的。2018年3月，孩子父亲因车祸去世，孩子家里没有人了，孩子的生活更糟糕了。因为是男孩，其他亲戚总是不愿意当孩子的监护人，总害怕孩子以后到叛逆期会跟别人学坏。

2019年7月19日

在吴世兰（支部书记）家就李建春的监护人问题以及他家田地问题进行讨论。我的想法是：1. 帮李建春把属于他家的田地要回来，因为他父亲已经去世，再说5亩田地他家也耕种了22年了。把租金（每年的）帮李建春存起，以后他长大了就有点经济基础，做什么也有本钱了。2. 帮李建春把房子盖好，以后他长大了就有家了。3. 把李建春先送福利院，因为从目前的情况来看，环境对他的成长相当不利，送福利院是现在大家想到的最好的去处。李建春性格非常孤僻内向，大人和他说话的时候他没有反应，只有和朋友在一起他才愿意开口讲话。

2023年7月，这个名叫李建春的孩子被顺利送到德宏州福利院，多年的跟踪服务终于告一段落。

在整个采访过程中，瑞应话不多，但从她平静的表情中，我感受到了她内心的满足。

"我记得那年送他，在路上住宾馆。那天晚上他问我：'我可不可以叫你妈妈？'"

说话间，瑞应眼眶湿润，继而泛起泪光。

总有一些人，比我们见过更多迷惘、不幸、焦虑、恐惧，甚至死亡。他们见过绝望如何在一张稚嫩的脸上刻出辛酸的纹路，也见过信念在泪花中的闪耀。他们尝试过微小的努力，想过放弃，也见识过真正的勇气和毅力。这使得一个人能够以更加坚定的内心、更加平静的面容，面对生活给予的一切。

触摸历史的荣光

1938年10月，我国抗日战争进入相持阶段。国难当头、民族危机深重之际，3000多名南洋华侨汽车驾驶员和技术工人响应陈嘉庚先生的号召，组成"南洋华侨机工回国抗战服务团"，义无反顾地踏上了回国抗战的征程。他们不畏艰险，夜以继日地奋战在抗战输血管——滇缅公路上，抢运军需物资。1000多名南侨机工牺牲于敌人的刀枪炮火、交通事故和各种疾病之中，长眠于滇缅公路上。根据档案记载，自1939年至1942年4年期间，南侨机工一共运输了50多万吨的抗战物资、汽车15万余辆以及不计其数的民用物资，为祖国抗战做出了卓越贡献。

德宏是滇缅公路的主要途经地，也是抗战时期南洋华侨机工战斗的地方。在1942年至1945年日寇占领德宏的2年零8个月里，有9位机工被枪杀和活埋。抗战胜利后，部分机工与当地少数民族成婚定居，在这里留下他们的后代和爱国的精神。根据1984年的普查数据，当时德宏健在的南侨机工还有9人，另有机工遗属、子女36人。

2005年12月，抗战胜利60周年之际，在西南边陲重镇畹町，一座高16米的"南洋华侨回国抗日纪念碑"耸立云天。这座纪念碑由南侨老机工林福来的义子、全国政协委员林晓昌先生筹资350万元捐建，德宏州人民政府立。碑体总高16米，上端4条金色横带，代表抗战时期四万万同胞，南侨机工荣誉证章镶嵌其间，标志着海内外同胞同心抗战。碑后是记述南侨机工回国抗战的浮雕长廊，右侧为纪念碑碑记。

2005年和2017年，我对林晓昌先生进行了两次专访。以下内容根据采访录音整理。

一

　　林晓昌本姓为"黄",20世纪80年代,他与南洋华侨机工林福来在畹町偶然相识。从第一次相遇,林晓昌就被林福来年轻时放弃优渥的生活回国抗日,一生颠沛流离、无儿无女、舍小家顾大家的爱国情怀深深打动。

　　"当时我才二十几岁。其实这也是一种缘分。那是1986年,有一次偶然在街上听到他在跟一个缅甸的老华侨讲闽南话,听着他讲话的时候我们就进行了沟通。认识了以后,我第二天就到他家去了。到他家呢就看见他住在一个土墼房里,生活相当困难,每天还在卖早点。后来我问他有没有子女,他说没有子女。当时是1939年,应陈嘉庚先生的号召,从马来西亚到中国参加抗战,他们没有图名,没有图利,无怨无悔。他还跟我说了一句话:只要我们国家富强起来,我吃点亏算得了什么。

　　这位英雄让我深深地感动,我毅然决定认这位南侨机工老先生为义父,改姓为林,为林老先生养老送终。他跟我说,他有1000多名南侨机工战友长眠在滇缅公路上,每逢佳节,无人想念。我答应他,说有朝一日我一定完成你的心愿。2005年10月20日,16米高的纪念碑在畹町桥头奠基,南侨机工牺牲在滇缅公路上的英灵有了归宿,这是我最大的荣幸,当天我就流了眼泪。"

　　林福来1918年出生在马来西亚太平埠一个华侨小商家庭,祖籍福建省厦门市。父母早逝,18岁进入爱国华侨陈嘉庚先生创办的橡胶厂当学徒,并见习汽车驾驶和汽车修理。1937年七七卢沟桥事变后,日寇发动全面侵华战争,全国同胞团结抗日的怒潮汹涌澎湃。1939年,年满20岁的林福来报名参加了"南洋华侨机工回国服务团",积极投身抗战。

　　"我父亲是第五批回国的,他跟我说,启程那天码头上人山人海,很多人都来送行。他们穿着全新的机工制服,健步踏上了抗日征程。亲戚朋友听说他要回国抗战,都尽力挽留,特别是我父亲相依为命的年仅18岁的弟弟林亚水,更是哭得伤心。

　　"轮船在大海上航行了三天三夜,第四天在越南的河内靠岸。经过交涉,林福来一行人坐上了开往昆明的火车,之后集中到昆明潘家湾接受培训。两个月后就被分配到各个大队开展服务工作。

"抗战时期，美国的援华物资主要从缅甸进入，经滇缅公路运往各抗日战场。十四大队的主要任务是从下关把九大队运来的军火和汽油等抗战物资运到昆明。滇缅公路是战时抢修而成，沿途高山峡谷，路面狭窄，凹凸不平，路况十分糟糕，雨季更是困难重重，有时会被堵在途中几天几夜，饥寒交迫，度日如年。当时从芒市到龙陵这段几十公里的路，卡车要行驶两天。夏季阴雨连绵，运输繁忙，整个滇缅公路上车来车往，车祸频繁，不少机工为国捐躯。"

林先生一连串的讲述没有一刻停顿。

"一次，我父亲从保山抢运军火，在永平开往下关的路上，碰上一辆对头车，眼看两车要相撞，他急忙朝一边打方向盘，卡车失去控制，连续翻滚了两次，父亲被弹药箱死死压住，动弹不得，后来得到队友救护，才免于一死。我父亲跟我说，钱财如粪土，名誉值千金。他说，我没有留给你任何的财富，一片瓦、一寸土都没有，但是我留给你精神的财富，希望你能够继承和发扬它。

"当时山高坡又陡。我听父亲说过，至少有200辆车子掉进怒江，连尸体都找不到。我们两个经常聊到天亮。人家说男子汉只流血不流泪，我的泪都流在肚子里。1000多人长眠在滇缅公路上，当时他们运输的是军火，遇着飞机的轰炸，多少人连尸体都找不到。你知道，他们放弃了海外富裕的生活来到祖国参加抗日，不图名不图利，他们只有一颗爱国的心。听我父亲讲，他有好多好多的战友，打摆子的时候，知道自己不能活，就跟他说：'我死了以后你必须把我埋在滇缅公路上，埋在这片红土上。'他们希望亲眼见证祖国抗日战争的胜利。他的一个战友，名叫蔡世隆，出生于马来西亚华侨资本家，是个有文化、有爱国心的热血青年，回国后在遮放染上疟疾，高烧不止，最后活活病死了，年仅26岁。后来我父亲的战友来到我家，我跟他们说：'你们是祖国的功臣，你们太伟大了，只要我有吃的，你们同样有吃的。'开始是一个两个，后来十几个都到我家，每一个我都给予安慰，并教育他们的子女，说：'你的前辈、你的长辈虽然没有留给你很多财物，但他留给你精神的财富，那是代代相传的无形财富，无法用金钱衡量。'

"自从认识这位老人后，常听他讲述当年回国抗战的事情，从没听他提起过受委屈的事。我是为老机工林福来的事迹和精神所感动而这样做的，不仅因为他的贫困，也是为了能很好地照顾这位老人，我才从缅甸迁居畹町。林老先生经历了这么多的坎坷和磨难，对国家、对社会从没有一句怨言，他的这种胸襟让我感动，他的赤子报国的精神让我敬佩。善待这些为我们国家、为我们民族做出贡献的老人，我应该尽这份义务。虽然我在经济上、生活上照顾了他，但他传承给我的精神财富是永远用不完的。"

这之后，林晓昌牵头成立"南洋机工抗战历史研究会"，致力于收集史料，传承历史，将父辈身上爱国爱家的传统发扬光大。他出资80万元打造12集电视剧《南侨机工风云录》，1995年为庆祝畹町建市10周年捐赠10万元，1997年2月为修建320国道畹江线路段捐赠13.5万元，1996年捐赠福建省晋江市东石镇希望小学人民币14万元，捐赠云南临沧云县邦洪恒昌希望小学人民币25万元，捐赠云南省红河州建水县坡头乡阿西冲小学20.5万用于元修建道路及饮水工程，捐赠祖籍所在地福建省晋江市东石镇老年活动中心10万元，捐赠云南省侨联调研经费5万元。1995年至2003年间捐资公益事业共200多万元。

2022年，由云南省南洋华侨机工回国抗战历史研究会、南侨机工回国抗日纪念馆与华侨大学教授林少川联合编撰的南侨机工文史丛书《赤子功勋 民族忠魂》一书出版发行。我在书中南侨机工后代汤晓梅女士记述林晓昌的章节中看到这样的文字：

> 我们到达滇缅公路在国内的终点站——畹町，走进林福来老人家里的时候，看着他年轻时候的照片，听着他平静的讲述，从那张慈祥的脸上，很难想到他曾经经历过烽火硝烟的战争，遭遇过人生悲欢离合的苦难。
>
> 尽管他已是75岁的高龄，又身患重病、双腿浮肿，生活已不能自理，但从他衣着整洁、乐观健谈的神态中，我感到这是一位老有所靠、老有所养、老有所尊、安享晚年的幸福老人。
>
> 这位幸运的老人之所以幸福，是因为他有一个孝顺的儿子林晓昌。准确地讲，是林晓昌敬养了一位回国抗日的南洋华侨老战士——南侨机工林福来。为了让老人安安心心地做他的父亲，按照老人的意愿，他放弃了自己的黄姓，改随老人姓林，并让自己的儿子也随林姓。这不仅仅是单纯姓氏的改变，其中包含着林晓昌一家与林福来老人一段感人肺腑的动人故事。这个故事揭示了一位南侨机工的爱国主义精神，是怎样传承在林晓昌身上并发扬光大的。

1990年到1994年间，在南侨机工联谊会上，我不断地从众多的议论中听到了林晓昌这个名字，那时大家都习惯地叫他阿昌。南侨机工林福来老两口身边无子女照顾，生活贫困，年纪又大。阿昌因常来畹町做生意而认识了这位老同乡。了解到这位老人的身世后，他从尊敬到敬仰，便主动承担起侍奉老两口的责任。当时还有名叫禁长梨、刘春泉的两位老机工，也经常到他们家吃住，阿昌待他们也同样敬重如父。据说阿昌是个缅甸华侨，原在缅甸做生意，后来才回到中国畹町。

听着人们的议论和颂扬，我心里琢磨，这是一位有钱的华侨在资助我们这些有困难的南侨机工。作为当时南侨机工联谊会副会长的我，不禁对这位旅缅华商充满了感激。但是，当我走进阿昌那栋陈旧的屋子，看到那简陋的陈设时，我的心被震动了，对他的敬意油然而生。这不是有钱人对穷人的资助，这是一位心地善良、品质高尚的人才会有的行为。

二

德宏州作为中国抗日战争滇西抗战的一个主战场，曾对整个抗日战场发挥了巨大的历史作用，涌现出许多可歌可泣的英勇事迹和英雄人物。

当年，除林晓昌外，我还采访到几位生活在德宏的老机工。

没能早一些了解那段动人心魄的历史，没能多采访到几位历史的参与者、见证者，至今仍是我记者生涯中一个无法弥补的遗憾。即使时间能够再倒回去十年，当年有幸采访到的韩子扬、蔡子斌、刘传授、刘南昌几位老人也已经久别人世。

蔡子斌

在瑞丽市公安部门的户籍档案中，保存着一份由160多个名字组成的《流落畹町的远征军人员名录》，曾任中国远征军第2军98师上士文书的蔡子斌老人是这个名录中的一员。

2005年8月，蔡子斌应邀到香港出席纪念中国抗战暨世界反法西斯战争胜利60周年活动。8月23日，我拜访了从香港归来的蔡老。他说这次是他第三次到香港。三次到港，都与抗日战争有关，但这一次的心情与前两次截然不同。

"我这回去参加活动，心里感到无比荣幸和激动。香港以前是英国人殖民统治的地方，回归中国后，比以前更繁荣了，更发达了，跟以前不一样了。"

蔡老17岁离家参军，直到去世也未能再见父母兄弟。尽管历经了早年的血雨腥风，毕生漂泊动荡，步入风烛残年的蔡老仍然保持着清晰敏捷的思维，除了听力略有些迟钝外，身板还十分硬朗。提起60多年前那一场旷日持久的抗日战争，蔡老言语间充满了对日本帝国主义的痛恨。他向我们讲述了自己的亲身经历。

蔡老的故乡远在广东潮州，祖祖辈辈靠打鱼为生。童年时代命运多舛，6岁时父亲就因病辞世，家中失去壮年劳力，生活陷入极度贫困之中。1921年，年仅9岁的他只身到上海投奔伯父。然而不到一年，伯父也因病辞世，他只好返回家乡与母亲相依为命。15岁那年，为了改善家里的困境，他随村邻辗转到了新加坡，在橡胶厂做了五年多的机工。

"那个时候年纪还小，还没有到18岁。"

20世纪30年代初，新加坡橡胶业一度出现大滑坡，不少工厂相继关闭，到1932年前后，蔡子斌失业了。

"100多块的橡胶跌成20多块，所以工厂停办，华侨失业了。"

当时正值上海"一·二八"事变，新加坡华侨商会广招失业工人回国参加抗日，蔡子斌报名参加了归国华侨义勇军，乘船经香港回到上海，并与其他队员一道得到了时任香港华侨商会会长何香凝女士的接见。

"国家兴亡，匹夫有责。那个时候我认识到一个人没有国家是不行的，所以回国参加救亡。"

采访蔡子斌老人之后，我翻阅大量资料，认真学习了历史知识，了解到当年参加"南洋华侨机工回国抗战服务团"的机工们，大多家境优渥。为图报国之志，他们中有的辞去待遇优厚的工作，有的女扮男装，有的瞒着父母写下告别书，有的离开新婚的妻子和年幼的孩子，义无反顾地踏上了归国抗战的征程。

刘南昌

刘南昌老人的家在芒市镇一个依山傍水的傣族村寨——芒信村。

2005年9月，我见到年逾九旬的刘老时，他思维清晰，精神矍铄。忆及那段烽火岁月，老人显得特别健谈，往事历历在目。

"我原籍是广东的，我祖父去了新加坡，到我是第三代了。1939年，我们响应陈嘉庚主席的号召，说中国有国难，需要我们这些海外的华人华侨，有技术的要回来救国。后来我就参加了第九批，第九批有500多人，由越南进来，从河口坐车到昆明，到昆明后军事训练了两个月，我们被编成第九大队出发。之后我们从缅甸腊戍运送军火到芒市，再到保山。那时我24岁。当时家里做药品生意，后来又改成杂货，再改成百货。"

我又问："有着那样宽裕的家境，为什么会想到要报名回国参战呢？"

刘老说："祖国有难，大家要同当，要回来救国。原来我们还没有回来以前，新加坡就有一个促进会，有很多救国团体，有些什么卖花队、宣传队、抵制日货的会，好几种呢。结果我是看见大家都去了我也来。我是最后一批，第九批。"

由于特殊的历史背景，刘老在"文化大革命"中身心遭受重创，但仍然保持着一颗赤子之心。他平和宽容的心态让人肃然起敬。

我接着问："这一段经历，您现在回想起来后悔吗？"

刘老一身傣装，傣族老伴相伴一旁，在两棵长势茂盛的杧果树下，笑呵呵地对我说：

"我没有后悔什么，因为这是一个光荣的事情，一个人应该承担这个责任。因为如果我们中国没有抗日成功，就没有今天，没有今天好过的日子。一百多年的耻辱，受外国的侵犯，这回一起把它洗刷了。那个时候抗日条件非常艰苦，你看现在又有土地又有粮食，还有上面拨下来的补助，这样日子好过了嘛，什么都不需要去操心，吃也吃不完了。"

刘传授

在芒市镇团结小区一个普通的居民小院里，我见到了当时91岁高龄的南侨机工刘传授。

老人原名刘濮志。当年，他瞒着家人抵押了自家的一个橡胶园和一个咖啡园，离别新婚一个月的妻子，用三弟"刘传授"的名字报名参加了回国抗战服务团。60多年来，刘老一直用着三弟的名字。谈及当年的选择，显得十分平静。

"我们回来是准备牺牲的，要是不爱国就不会回来。"

1940年9月，滇越铁路被日军截断，1942年5月，滇西失守。滇缅公路曾是我国唯一的国际陆路交通命脉，国际援华物资几乎全部经由滇缅公路运入。当年，刘传授与3000多名南洋华侨机工在昆明经过短期集训后，就投入了援华物资的运输，来往奔忙在抗日的生命线上。据统计，那段时间经滇缅公路运入的各种抗日物资达36.9万吨，平均每个月运输10254吨。

滇缅公路沿途山高谷深，道路崎岖。两车相会时，靠路边的地基很软，一不留神就会塌陷下去，加上天上有日本飞机在狂轰滥炸。很多次，刘传授亲眼看着前面战友驾驶的汽车瞬间翻滚下万丈深渊。

由于战乱，刘传授与家人几度失去联系，后来辗转得知，当年的新婚妻子苦苦等待，以为刘传授早已阵亡，改嫁了他人。1946年抗战胜利后，1000多名南侨机工纷纷返回故乡，刘传授留在了芒市，娶了一位当地女子为妻，过着普通得不能再普通的日子。

他一生没有离开汽车，始终颠簸在红土高原的崇山峻岭中，年年被评为先进，做到了车子保养十万公里无大修。1956年，还被光荣授予"云南省劳动模范"称号。"文化大革命"时期，刘老因为海外关系同样遭受迫害，但凭借一颗赤子之心挺了过来。后来，他先后担任德宏州侨联、潞西市侨联常委、州政协委员，是一名侨务活动积极分子。

采访中，有幸见到了老人一生珍藏的"宝贝"：两张发黄的年轻时候的照片，帅气、英俊；一篇《侨报》记者专访他的报道；一顶黑色的马来西亚小帽；一份回访南洋的往返行程表。最让他引以为豪的是，1986年州侨联组织当地南侨机工到北京旅游，时任全国侨联副主席的庄明理到车站迎接。离开北京前，时任全国侨联主席张国基又委托庄明理等设宴招待他们。刘老说，这是他们这些华侨机工回国后最高兴、最荣耀的一天！

"太高兴了，20多年过去了，都还高兴。"

采访快结束时，刘老告诉我，在当年离开南洋启程回国的时候，他们一路高唱着《运输救国歌》，那个时候人年轻，浑身使不完的力气。

我赶紧接上他的话："刘老，您现在也是激情满满呢！"

老人眼中顿时闪现一丝孩童般的光亮，努力地想要唱上几句：

"同学们，别忘了我们的口号。不怕山高，不怕路遥……"

后来经过仔细查找，我在一本名为《南侨风》的书中找到了这首歌的完整歌词：

> 同学们，别忘了我们的口号，
> 运输救国，安全第一条。
> 车辆的生命，同样重要。
> 好好保养，好好驾驶。
> 快把运输任务达到，
> 再把新的中国来建造。
> 听呵，哪怕到处敌机大炮，
> 宁愿死，不屈挠，
> 努力保家，忍苦要耐劳，要耐劳。
> 同学们，别忘了我们的口号，
> 唤醒着同胞，团结着华侨，
> 不怕山高，不怕路遥。
> 收复失地，赶走强盗，
> 把民族的敌人快打倒，快打倒。

这是用心灵写就的诗句。半个多世纪过去，它依然闪耀着难以磨灭的光芒，每每读来，当年一腔热血报国的华侨青年机工的身影总浮现在眼前，给予我躬身前行的力量。

韩子扬

2005年9月3日，在抗日战争暨世界反法西斯战争胜利60周年之际，生活在畹町经济开发区的92岁高龄的抗战老战士韩子扬，与德宏州一批抗战老兵、爱国人士一道，光荣地戴上了由时任中共中央总书记、国家主席、中央军委主席胡锦涛亲笔题写章名的抗战胜利纪念章。

一个晴朗的下午，老人向我们讲述了他参军抗战、打击日本侵略者的经历。

韩子扬原籍河南开封，17岁离家参军，至今没能再见到自己的父母兄弟。

"那个时候我们弟兄两个要出一个去参军。我们是贫农出身，有钱人可以买一个壮丁抵着，我们没有钱，只能在弟兄两个中抽一个去当兵。我哥哥是长子，留在家里。"

参军后，韩子扬被编入国民党第6军49师16团，随远征军出境作战，后从缅甸腊戌回到畹町。滇西大反攻时，他再次参军作战，在49师146团团部任侦察排排长，后来还参加过松山战役。

"那个时候，在龙陵老东坡，三个日本人围着我，那么我不杀他们，他就要杀我，于是拼刺刀。后来，一个日本兵一刺刀戳到了我的腿上。"

抗战胜利后，韩子扬流落到保山，后来到了畹町，做过搬运工、临时工，居住在沿街一间低矮破旧的房子里，身边只有一个女儿照料。

尽管一生坎坷，晚景凄凉，谈及当年的选择，老人毫无悔意。

"国家有难，匹夫有责。我们那个时候抱着的目的就是打日本，把日本赶出中国。"

那天，老人几度陷入沉思。我清楚地记得，有几次，他有些吃力地刻意挺起后背，嘴角好似有歌声传来。他的女儿说，多少年了，她都不知道父亲还能唱歌。

"起来！不愿做奴隶的人们！把我们的血肉，筑成我们新的长城！中华民族到了最危险的时候，每个人被迫着发出最后的吼声。起来！起来！起来！我们万众一心，冒着敌人的炮火，前进！前进！前进进！"

"大刀向鬼子们的头上砍去，全国武装的弟兄们，抗战的一天来到了……看准那敌人，把他消灭！把他消灭！冲啊！大刀向鬼子们的头上砍去！"

静静地听他断断续续地唱起，那一刻我知道，老人的思绪又飘进了难忘的烽火岁月。那些烙铁一样印在脑海里的歌词、曲调，一定曾一点点筑起当年战场上年轻的兄弟们精忠报国的意志，也一定曾陪伴他度过了无数个冤狱寒窗的不眠之夜。

三

那年秋天，我还采访到一位致力于推动南侨机工政策落实的德宏州侨联原主席林清福。林老于2020年过世。

林清福是一名印尼归国华侨。我记得当年采访他时，他已经退休在家，安享晚年，但精力还是比同龄人的旺盛。我刚说明来意，他立马打开了话匣子。

"我1958年到这边来的时候，有一天，我路过芒市街，听到有人在吹口哨。吹什么呢？吹我很熟悉的一首歌曲，是一首爱情歌曲，这首歌被马来西亚用作他们的国歌，他吹这个口哨的时候，我就听怎么那么熟悉，怎么会有一个人在唱，在这个边疆。后来我就跑到那个修理铺，发现吹口哨的这个人是修电筒的。我就问他你怎么会吹这首歌曲？他说自己是从马来西亚回来抗日的，名叫谢川周。他就问我是哪里的。我说我是印尼的归侨。很好，很亲近，我就这么认识他了。"

认识谢川周以后，时任德宏州侨联主席的林清福陷入了深深的思考。

"这些人当时都离开了自己比较富裕的家庭，离开了才结婚几天的妻子，离开了父母，来到了我们云南的滇缅公路，开车、修车。抗日战争结束后，这3000多人中有1000多人回到了新加坡或马来西亚，但多数留在了云南。这些人是什么情况呢？抗日战争胜利以后，国民党就把他们抛弃了，也不安置，也不管，就这样流落在各个地方，有很多人娶了当地的少数民族做妻子，有的就没有职业，其他的就做点小生意什么的。他们是抗日的有功之臣啊，他们做了什么坏事？都是为了保家卫国回来的，离开了父母，离开了妻子儿女，离开了富裕的生活，结果回来了就遭受到这样的待遇！"

林老几次情绪激动，可以想见，他对南侨机工怀着怎样一种特殊的感情。

"当时州委、州政府很重视这个工作，我们采取了多项措施：一方面，加大宣传，给予他们在社会上的应有地位；另一方面，在侨联，甚至在政协委员中为他们安排一定的名额。侨联把他们组织起来，那些能走动的，能够去北京的，就让他们去看看如今的中国，与国民党时期的中国相比有怎样的变化。当时我们的侨务经费只有3000多块钱，全部拿出来，安排他们到北京，去看一看祖国的大好河山，看看我们的首都。

很多人是第一次去昆明，那么几十年就这一次去过昆明，后来又坐火车去北京。没想到全国侨联的副主席到火车站来接他们。哇！当时就很感动了，流泪啊，抱着哭啊！最后，全国侨联的主席还请他们吃北京的烤鸭，接待得很好。"

让林老引以为自豪的是，德宏侨联对待南侨机工的措施还影响到了当时新加坡华侨商会的会长——陈嘉庚先生的侄儿陈共存。他们后来也多次组织人员到德宏看望南侨机工，帮助他们解决实际困难。

"在德宏，南侨机工的待遇得到了落实，生活逐步得到改善，每个月都能领取生活补贴，逢年过节去看望他们，关心他们，生病的带他们去医院看病。再后来，这些人的眷属也得到了生活补助。他们都很感动，非常感谢共产党，感谢政府，这一点他们是不会忘记的。"

四

2009年12月，来自海南、广东、广西等地的部分老机工和南侨机工的后人们相聚在滇缅公路国内段的终点——畹町，参加"南洋华侨机工回国抗战70周年纪念大会暨南洋华侨机工历史研究会成立大会"。我再次见到一位前来参加纪念活动的92岁老机工吴惠民。吴老先生从海南岛赶来，他向我们讲述了之前我们没有听过的有趣故事，也算给那段悲壮的史实抹上了一丝亮丽的色彩。

"在机工中有一些女性机工，可以说是机工队伍里的花木兰。那时，这些花木兰是如何隐藏她们的身份的呢？因为有一次，她在新加坡报名的时候呢，人家不肯接收她，她就回家把她弟弟的衣服穿上，女扮男装来报名。这次她被批准加入了。后来，她从缅甸一路出发，她那个时候是医务人员。"

2015年12月，在南侨机工纪念碑前，我见到一位眼含热泪的老先生，手心里捧着一本南侨机工名册。摊开的那一页，是他年仅23岁的父亲的英俊遗容。

采访后得知，1939年，他的父亲温南勋告别新婚妻子，从马来西亚回国参加抗日，与3000多名南洋华侨机工一起奔走在滇缅路上，抢运军需物资，之后再也没能回家。

温老先生年近古稀，面容依稀可见父亲当年的身影。这些年，老先生每年都组织南侨机工后代带着家人重走滇缅路，在父亲当年洒下热血的地方缅怀先烈。无论走到哪里，他怀里总揣着一小袋黄土，像个终于归家的孩子，紧紧拥抱从未谋面的父亲。

时间来到2023年秋天。

入秋，天地初步达成一致，丰收的果实垂下头，显现更具饱和度的沉稳。四季中，我偏爱秋天。每到这个季节，我总会有莫名的激动和感慨，催促自己走向乡野，走进纪念馆，去到纪念碑前，去到这世上永不绝迹的崇高中，寻找陶冶与启迪。

2023年是中国人民抗日战争暨世界反法西斯战争胜利78周年，也是南洋华侨机工回国参战84周年。9月3日，云南南洋华侨机工回国抗战历史研究会在畹町南洋华侨机工回国抗日纪念公园举行了"缅怀南侨机工、薪火代代相传"纪念活动。

像无数将那段历史珍重于心的人们一样，每次伫立在碑前，面对那一排排深刻石碑上的名字，我比任何时候都更明白，一个人要怎样感念谦卑与敬畏！

附：

畹町南洋华侨机工回国抗日纪念碑碑记

1937年七七事变爆发，日本侵略者发动全面侵华战争，一时国土沦丧，生灵涂炭，神州危在旦夕。当年11月至次年8月，20多万云南各族民工，自备干粮工具，风餐露宿，肩挑锄刨，在瘴疠虫害、林莽野兽出没之地，劈山开路，过水架桥，筑主一条起自昆明，贯通滇西，连接缅甸，近千公里的滇缅公路。由于东南沿海港口一一陷落，外援补给全靠西南一线。滇缅公路运量陡增，一时驾驶、维修人员奇缺，前线后方纷纷告急。1939年，在"南洋华侨总会筹赈祖国难民总会"主席陈嘉庚先生号召下，来自马来西亚、新加坡、泰国、越南、缅甸、菲律宾、印度尼西亚等地的3000多名南洋华侨青年机工，组成

"南洋华侨机工回国抗战服务团",分九批回国。他们辗转于滇、川、桂、湘以及缅甸、印度等地,为抗战提供后勤保障。滇缅一线,地处边地,经济落后,山高路险,环境十分艰苦,但机工们不畏艰险,出生入死,夜以继日,风雨无阻,抢运军需,维护车辆,有力地支援了全民抗战。其间,南侨机工千余人牺牲于敌之刀枪炮火、交通事故和各种疾病,长眠于备受战争蹂躏的土地;其余三分之二,各有其半于战后或返回南洋与亲人团聚,或留居祖国自谋生路。

德宏是滇缅公路的主要途经地,也是抗战时期南洋华侨机工战斗的地方,不少机工抗战时期牺牲在这块土地上,在1942年—1945年日占领德宏的两年零八个月里,有九位机工被日寇在这里枪击和活埋。抗战胜利后部分机工与当地少数民族成婚定居,在这里留下他们的子女和爱国的精神。

——南侨机工后代、恒昌国际集团公司董事长林晓昌先生出资350万元修建

2018年,云南省档案馆馆藏的"南侨机工档案"被列入《世界记忆亚太地区名录》。

2020年11月12日凌晨2时,云南最后一位南侨机工罗开瑚病逝,享年102岁。

2022年10月29日上午8时4分,世上最后一位南侨机工蒋印生在重庆去世,享年96岁。

南侨机工已远去,但这段历史值得我们永远铭记。

茶地里的山歌王

阿昌族能歌善舞。以歌传情，以歌交友的山歌，既是一种文化，又是文化的载体。梁广昌是梁河县曩宋阿昌族乡远近闻名的"山歌王"，2010年8月的一个下午，我们在关璋村弄丘自然村见到47岁的梁广昌时，他正背着竹篮在自家地里察看油茶的生长情况。

正是油茶开花的时候，一眼望去，满山的油茶树像盖上了一层雪白的棉被。梁广昌乐呵呵地穿梭在油茶地里，不一会儿，心中的喜悦就伴随歌声回荡在山乡。

> 扫盲工作做得好，阿昌山寨得欢喜；
> 白花油茶又丰收，甜蜜产业在心坎。

歌声中几次听到"扫盲"这样的字眼。采访后我们得知，梁广昌还是一位从扫盲班里走出来的种植能手。

梁河县曩宋阿昌族乡是全国三个阿昌族乡之一，全乡有2万多人。由于经济发展落后，到20世纪90年代初，乡里青壮年文盲现象依然突出。弄别村南林村民小组的一位村民，辛苦一年卖了2000元的生猪钱，因为不会填写简单的存取款单，沿用过去放在自家衣箱里的办法，结果2000元现金被人偷走，一家老小心痛不已。

梁广昌家种植了五十多亩白花油茶地，虽然每天早出晚归、细心照料，可是因为不懂科学种植，产量不尽如人意。

"以前是粗放型管理，施肥不科学，白花油茶吸收不到养分，甚至是自由生长的；枝叶太茂盛，没有通风透光，挂果效果不好；果子不大，出油率也不高。"

梁广昌告诉我们，照常理，一棵白花油茶能挂果40多斤，但是他家的油茶仅能挂果5到6斤，一年收入只有3000多元。这样的结果，让梁广昌很不甘心。听说乡里的中心学校——育才小学要到各村委会办科技扫盲班，梁广昌第一个就报了名。

在扫盲班，教科书、学习用品都免费提供，每个学员还可以得到70元的生活补助。为了让大家学到更多的知识，学校专门聘请司法、畜牧、农科、计生部门的干部来讲课。《公民生活》《实用语文》《实用数学》三本教科书涵盖了社会道德规范、农村应用文写作、理财常识、农村实用技术操作等方面的内容。在班里，梁广昌总是第一个到，最后一个走，他问题最多，学得也最快。课堂上记下的笔记，课后他都一一梳理，回到家还要细细琢磨。学习结束，梁广昌捧回了乡里颁发的《扫盲科技提高班》结业证书。

到2012年，梁广昌家的白花油茶地已经发展到200多亩，年产800多斤，收入5万多元。白花油茶地也由此成为关璋村对外开放的观摩学习基地。

"经过扫盲之后，修剪、打农药、施肥、松根有了科学管理，产量翻了好几倍。"

梁广昌乐呵呵地说，除了油茶，他还种植了50亩甘蔗，产量和产值都很不错。年末，家里花了9万多元盖起了新房，等翻过了年，还要再添上一辆摩托车。

实现科技致富后，梁广昌深深感激扫盲班带给自己的可喜变化。闲暇时，他总会到村文化活动室翻看和查阅农科书籍，找差距，学习新技术。

"我们农村没有文化不行，扫盲班要多多地办，继续办下去。下一年，我准备再承包70亩甘蔗地，协议很快就会签订，到时争取产值达到20万元。"

2024年1月，我们在关璋村采访时又遇见一位山歌好手梁其炳。村支书杨兴龙告诉我们，白花油茶种植一直是村里的支柱产业，全村434户人家中半数以上种植白花油茶。经过多年改良，现在村里已经有4000亩的油茶基地，每年有1700多亩茶树结果榨油，年产30多吨纯油，2023年产值达到250万元。

梁其炳是村里的种植大户，这些年，靠着白花油茶的种植，一家人的生活发生了翻天覆地的变化。他的歌词也涵盖了更多的内容，不只唱茶了，唱得更多的是阿昌族人的幸福生活：

阳光普照阿昌山，窝罗欢歌跳起来；
阿昌山寨油茶香，阿昌山寨致富忙；
和谐社会在今日，小康路上得安康。

勤政为民的好书记

记者第十年，一位基层乡镇干部给我带来了心灵上的震撼。

他是历任陇川县勐约乡党委书记、乡长及章凤镇党委书记的刘永全。2010年8月因长期带病连续工作，年仅41岁便突发疾病去世。在短暂的一生中，他矢志不渝追求为群众办事的政治理想，积聚生命的所有能量，推动一个乡镇的发展。

9月下旬，我们奔赴陇川，沿着刘永全生前工作和生活过的地方，寻访曾与他一起工作的乡镇干部，记录亲人和同事对他的追忆，走进普通百姓家中，探访他一心一意为民谋利的先进事迹。

一

噩耗传到刘永全66岁的母亲李美芝耳中，她怎么也不能相信，自己的儿子已经永远离开了人世。

"我想不通，我想不通，我每天都这样哭着过，一辈子呢，怎会轻易哭着过。"

刘永全1969年10月出生在陇川县景坎镇芒面村民小组的一个农民家庭，兄弟姐妹五人中，他排行老二。为了供子女上学，不识字的父母起早贪黑。父亲上山采来山货后，母亲在每个街天走20多公里山路到县城去卖。

白发人送黑发人，母亲痛心哪！她宁愿在一个个深夜被电话铃声惊醒，和老伴一道起身忙碌，从罐里掏出一块腌豆腐，烧开水冲上一碗酸汤，坐在一旁看着劳累了一天的儿子美美地吃完。她说，儿子曾答应要带她去泡温泉，好好治治她背山货时落下的肩痛的老毛病；儿子说过要给她买新鞋，家里15年前盖的老房子还等着儿子去翻修呢……

2008年10月1日是刘永全39岁的生日。母亲像往年一样，早早地准备了几样儿子平时爱吃的小菜，等他工作完回家来陪家人吃顿饭。老母亲不知道，这一天，她的儿子只睡了三个小时的觉，一早就赶到南兰村村民小组晃喊家调解林地纠纷去了。经过耐心做工作，晚上10点，这场涉及400亩林地的纠纷得到圆满解决。

李美芝喃喃说道："他回家说：'妈，我累了，我一样都还不得吃。'他这种说。还没到家就打电话给我：'妈，你给我煮点饭，我只吃酸汤泡饭。'他一样也不吃，就吃这点点，他就是劳累过度，连好好的饭都不得吃上几顿。"

到乡镇工作后，刘永全的工作日程里已经没有休息日和节假日的分别。翻看他的工作笔记，密密麻麻写满了各种会议记录、谈话记录、学习记录、群众反映问题的记录。

2009年1月1日，新年伊始，刘永全的笔记上记录了两项会议内容：上午，城市社区两委换届选举工作座谈会；下午，听取老街子、新城两个工作组的工作汇报。

2009年10月1日，刘永全40岁生日。那天，营盘德昂寨子两个村民小组的村民发生矛盾纠纷，双方纠集上百人准备械斗。镇长赖正张回忆说，当时刘书记不顾个人安危，挺身站到了矛盾双方的中间，义正词严地说服群众，然后直接跳到挖掘机上说："你们哪个想打架，就直接从我身上过。"结果，双方都没有打起来，刘永全把两个村的社干带回村子，分头做他们的思想工作。

章凤镇党委办公室原主任寸凯经常跟随刘书记跑村寨，说起刘书记一心为群众着想、加班加点工作的事，他的话就停不下来："书记这个人不管在哪里，爱农、护农，始终把群众的事情放在第一位。在章凤镇，无论是哪个村要修路架桥，或者是生产生活中存在困难，不管有多大困难，书记都想方设法帮助解决。书记呀，身体也不是很好，他的包里随时都有药，但是他从不到医院去看病，我们也劝说了不少次。他家老岳姐在县医院是护士长，都是我们办公室去接他家老岳姐，有些时候接来在办公室等着，散会以后回家去打针，有些时候是在办公室打针。"

镇工会干部马丽云说，刘书记到章凤镇后，要求工会在每位职工生日当天为他们送去一个蛋糕和一束鲜花，而马丽云她们为书记订的蛋糕和鲜花却从来没有送到过他的手中。

刘永全去世前一天，镇政府新农合办的女职工张增兰因病住院，由于工作脱不开身，刘永全特意委托镇上的干部前往看望。张增兰没有想到，自己只是做个小小的阑尾手术，却引来了书记这样的关心，更想不到的是，第二天上午就传来了刘书记病逝的消息："当时我就淌眼泪了，说不出话，我现在都还一直难过。只要一讲起刘书记，有多少千言万语都无法表达，只有心中永远记着他的好！"

二

在妻子黄丽华的印象中，结婚后，自己几次生病住院，丈夫都没能在身边陪伴。事实上，丈夫去世前一个星期他们夫妻就没有见过面。8月18日晚上11点48分，她给丈夫发去一条短信，问他在什么地方、什么时候回家。丈夫留给她的最后一句话是："你快睡吧，我工作完就回来。"

黄丽华和刘永全相识在阿昌族聚居的户撒乡。1990年，她在户撒乡工商所工作，刘永全在乡中心小学任教，共同的志趣爱好将两个年轻人的心紧紧拴在一起，两年后他们组建了家庭。在黄丽华的记忆中，在户撒乡工作的那几年，是他们夫妻相聚最多的时光。2004年，丈夫调到勐约乡任乡长后，他们母子与他的联系多半就通过电话和短信了。

黄丽华清楚地记得，丈夫到勐约乡工作的那年，儿子正上小学五年级，晚上做家庭作业时，碰到解不出的数学题，儿子就给父亲发去短信，碰到父亲忙的时候，短信经常没有回复。

黄丽华说："8月份儿子放假，我们去看过他。我和我儿子去了后，他们忙着移民工作，他以前说他忙到通天，我们都不相信，我们去了以后才真正见识到了，村民白天忙着干活，晚上来乡政府找他们，他都没有回来过，都是到清晨六七点才能歇一会儿。"

在刘永全曾任书记、乡长的勐约乡，营盘村委会支书常枝济一坐下来就对我们说，刘书记在勐约的三年里，为老百姓办了太多的实事，对于勐约乡的老百姓来说，这些事都是天大的事！

常枝济说："他敢向上反映问题，有什么问题绝不含糊，坚决汇报。他在勐约帮助过多少困难群众，恐怕谁也说不清，我自己的两个小孩上大学前前后后得到过他7000元的帮助。"

20世纪90年代，勐约乡依托龙江河谷热区资源，下大力气发展甘蔗产业。因为国际糖价波动剧烈，加之企业管理不善，龙江蔗区糖厂拖欠群众甘蔗款和运费长达10年，拖欠资金总计480多万元。刘永全调任勐约乡时，经常有上百的蔗农聚集在乡政府门前讨要说法。不种甘蔗没有出路，种甘蔗又越种越穷，蔗农手持"白条"过着艰难的日子。全乡甘蔗种植面积由原来的15000多亩缩减到不足10000亩。

新官理旧事，刘永全决心解决好历史遗留问题，重振全乡甘蔗产业，一系列强有力的措施相继出台。他甚至用自己的工资卡担保，向景罕信用社贷款20万元扶持群众发展甘蔗。通过大刀阔斧的治理整顿，勐约乡群众发展甘蔗生产的积极性逐渐恢复。与此同时，勐约乡的麻竹、核桃等产业也随之发展壮大起来。刘永全调离勐约乡时，全乡农村经济总收入增加到3006万元，翻了3倍多。

勐约乡营盘村的倪祖东家是村里有名的特困户，一家5口人靠租种田地为生，破旧的茅草房里只有两张床，兄妹三人轮换着睡。倪祖东在家中排行老大，为了保证她的读书费用，弟弟妹妹初中没毕业就辍学在家。

2008年，勐约乡实行10户联保贷款，发展甘蔗生产。倪祖东家由于家庭困难，没有人愿意与他们家联保。刘永全了解情况后，以自己的名义为他们家担保，最终帮助他们渡过了难关。后来，倪祖东不仅顺利从云南红河学院毕业，还在乡里当上了一名教师，父母也搬到了章凤镇，过上了安稳的日子。

营盘村贡瓦二社村民董学成说："我记得当时发放籽种款时，刚好发到我家就完了，我家和另外三家没有领到款。第二天我们去找刘书记，当时书记很为难，他对我们说'你们挖出来的沟，怎么都要保证让你们的甘蔗种下去'。"

三天过去了，五天过去了，看着别人家都在忙着买肥料、买种子，董学成心想这事儿恐怕没着落了。没想到，到了第六天晚上，刘书记给他打了电话，让他第二天带着那两户人家去办籽种款。"当时那种情况是很不会用语言表达出来的，感激的话如果要讲出来也是很不会讲的，只觉得刘书记对我们关心得这么到位，好像有点意外。"

有一次，营盘村民小组长杨恩林找到刘书记，向他汇报修建村文化活动室的事，刘永全当即答应帮助解决。后来由于乡里全力帮助农户发展甘蔗，一晃四个月过去了，这件事一直没有被提起。杨恩林怎么也没有想到，6月底的一个周末，刘书记带着工作人员到他家，亲自将5000元钱送到他的手中。而那时，刘永全已经调任章凤镇党委书记一个多月。杨恩林感慨地说："想不到这么小的事他还会记在心上，当时心里确实相当感动。他来了以后，所有种甘蔗的农户对他不感激的是没有的，一个个讲起刘书记，都说如果没有他领着来收拾这个烂摊子，老百姓的甘蔗款在哪里都还不知道呢！"

三

2008年，丈夫到任章凤镇党委书记。妻子黄丽华心想，离家近了，丈夫总可以多顾顾家了吧？

"但是到章凤，更忙，我们都不怎么见面，他只有星期六星期天回来吃饭。一般都是吃午饭，晚饭时间我都要打电话问他，他说要下寨子，叫我们不用管他了。大部分时候，我一问他就在外面吃快餐。"

黄丽华整理着丈夫的衣物，接着说："在我的记忆中，他到章凤镇两年多的时间，回家早的时候太少太少了，最早的一次是晚上12点49分回来，回来后又出去了。对我来说，我已经习惯了，心里面觉得委屈，但他在乡镇工作，我也能理解，因为乡镇工作实在太忙太忙了。"

怕别人担心，刘永全从不在父母和同事面前提及自己的病情。章凤镇副镇长杨富好回忆说，刘书记到章凤镇上任的第一天，就面临东片区和农贸市场改扩建的征地工作。由于群众不理解，征地工作遇到了很多困难。他带领班子成员到农户家中做动员，经常要到凌晨三四点钟才结束工作。

杨富好说："他带领我们去做工作，有时候他手捂着肚子，给我们的感觉是，这是不是他的一个习惯？五月份，他到医院去做手术，我们才知道他有严重的肾结石，之后我们才明白，为什么工作的时候他总爱用手捂着肚子，那个时候应该是他的病在发作。"

走进章凤镇镇政府的大门,办公楼两侧陈列着刘永全的先进事迹宣传栏,其中一排大字十分醒目:你对群众不当一回事,关键时刻群众就不把你当作一回事。镇长赖正张告诉我们,这是刘书记生前经常对大家说的一句话,在他去世后,这句话激励着全镇干部职工继续做好工作,更加用心地为群众服务。

章凤镇镇长赖正张记得,刘永全经常对班子成员说,对于干部和群众的困难,要雪中送炭,而不是锦上添花。有一次临近开学,赖正张拿着一堆农村困难助学申请与刘永全交换意见:"镇里财政吃紧,是不是这些申请先放一放算了?"

刘永全先是沉思了一下,然后对他说:"我是山里农村长大的,晓得农村的困难和读书的不容易。当年我也是赤脚走山路、饿着肚子去上学。我们再困难,也还能吃好、穿暖,只要我们挤一挤,总能给困难群众一些帮助,特别是那些想读书的农村娃娃,不容易!"

赖正张接着说:"从那次以后,凡是群众在读书上有困难的,我们都变通着去帮助群众解决,这已经形成了我们一个不成文的规定。"

2008年,章凤镇为增加群众收入,积极发动群众种植红土晒烟。那一年干旱后紧接着霜冻,三四月份又是风灾和冰雹。加上群众收烟、切烟、晒烟技术跟不上,到收购的时候,很多烟丝质量不达标,等级评定不高,有的烟甚至变成了黑色。烟草公司拒绝收购质量不达标的烟丝,部分村寨受灾群众情绪激动。刘书记知道情况后,立即召开班子会议研究解决办法。

"我们镇上是不是可以挤出一点资金,再跟企业争取一点资金,把那些没有达到等级标准的烟叶全部收回来?烟叶是我们动员群众去种植的,现在群众受损了,我们不承担这个责任,哪个来承担这个责任?"

就这样,镇政府拿出8万多元收回了将近4吨的等外烟,又拿出3万多元买下群众的"黑烟"进行统一销毁。

章凤镇机关三层高的小楼上,二楼最顶端就是刘永全的办公室。办公室只有20平方米左右,房间墙体多处剥落,门窗呈铁锈色。窗边的木桌上放着一座毛主席半身石膏像,石膏像旁悬挂着《党委书记主要职责》。这座办公楼于1987年建成,当时造价8万元,20多年来没有进行过任何翻修或装修。在这样的办公环境中,刘永全上任后想到的第一件事,却是如何尽快改善各基层党组织的办公条件。

镇长赖正张回忆说:"刘书记刚到章凤镇,就和我商量了一件事,他说我们各个村居委的办公条件太差了,不仅房子破烂,有的连办公场地都没有,要租房子办公。我们是不是在改善基层办公条件上想些办法?"

于是,2009年章凤镇的政府工作报告中,镇长赖正张代表章凤镇政府做出承诺:让全镇9个村民居委会都能搬进新房!

在人们的印象中,刘书记为人真诚,生活俭朴。平时肩上总是斜挎着一个人造革的肩包,皱巴巴的,里面随时放着一本笔记本。他走起路来风风火火,时常让人跟不上他的步伐。经常忙不赢刮胡子,一脸都是胡茬,开会抽烟时爱揉烟头。

镇长赖正张说,刘书记从不喜欢吃吃喝喝。他来了以后,全镇的各类接待费用总体下降了30%。

"镇政府门前的快餐店常常是我俩下班后边吃饭边讨论工作的地方。时间久了,卖快餐的老毕朗从不招呼我们,什么时候来、吃什么都由我们自己添。两年来,我从没有见他穿过一套像样的衣服。我在他身上看到的是他做人做事清白坦荡、淡泊名利、甘于清贫的高尚情怀。"

赖正张还对这样一件事印象非常深刻:刘永全到章凤工作后,通过多种渠道筹集了120多万元资金,在吕门、吕保两个村修建了6.7公里的弹石路。

"当时在建这条路的过程中,初步验收时发现了一些质量问题,刘书记相当生气。那天下午,他带着公路管理所的同志到现场查看,挥起锄头就开始挖,并要求施工方全线返修。返修不合格不予验收。在接下来的班子会上,刘书记主动承认对这件事情负有主要领导责任。返修后再验收时,还邀请了县人大代表进行视察。"

现在,两个村子的新农村建设项目和扶贫项目都跟进了,村容村貌发生了翻天覆地的变化。

而在涉及权力和利益的事情上,刘永全从不违背原则。凡是遇到违反原则、违反制度的事情,他毫不留情。

一次会议上,针对相关人员没有经过班子讨论就将国家大农机补贴指标私下发放给亲戚朋友的现象,刘书记拍着桌子严厉批评,责令收回全部指标,重新制定发放方案。

还有一次，镇上对二级班子进行人事调整。其中涉及一位老同志，包括镇长在内的几位班子成员从个人感情出发，提出对这位老同志的调整是不是稍后再做考虑。

赖正张说："刘书记当时听了大家的意见，非常认真地讲了三句话：一、人事调整纪律是一项严格的制度，任何人都应该自觉遵守；二、在前不久的工程建设中，这位同志对一些工作擅自做主，不符合规定；三、如果我们这次不做调整，其他同志以后会怎么看、怎么说我们？我后来想想，确实是这样，如果碍于面子或者感情就放弃工作原则，这确实很难维护党委、政府的形象。"

刘永全的妹妹刘会芳和她的丈夫都没有正式工作，一个在外做临时工，一个在家务农，带着一个读小学的孩子，生活一直不太宽裕。年初，夫妻俩四处筹钱准备盖一间新房，由于建筑材料涨价，算来算去，资金仍然缺少一大块。7月的一天，虽然知道大哥从来不会利用权力为家人谋半点私利，她还是鼓起勇气跟大哥说了请求帮助解决部分建房资金的事。哥哥拿着烟头想了片刻，只说了一句话："房子还能住，还是再等等吧。"

刘会芳说，还有一次，大哥的一个朋友为给媳妇调工作，送到家里3000元钱。

"当时大哥不在家，回家后大哥说赶快送回去，我们就赶快把钱送回去了。哥说不能要人家的东西，我们从不见大哥收人家的东西。"

在家人眼中，刘永全似乎有些不近人情，而在曾与他共事两年的镇党政办公室原主任寸凯的工作笔记中，却布满了一条条饱含深情的记录：

2008年11月6日21:00。帮助解决芒弄村弹石路建设缺口资金0.5万元；帮助解决芒拉永兴、杞木窝沙石路缺口资金0.5万元；帮助解决新寨五队文化活动室缺口资金1万元。

2009年1月19日17:30，由于杨永俊和唐麻糯病重，班子研究决定帮杨永俊解决1.9万元，唐麻糯1万元，速办；解决宣传文化中心困难，在1.5万元范围内购置一台摄像机和一台照相机。

2009年8月14日15:00，建立一个帮扶基金，原则上针对特殊家庭，考上大学都帮助解决500元。

2009年9月26日22:00，帮助陈会芬同志解决1.2万元康疗费用；

帮农服中心孟萍芝解决1.2万元康疗费用；帮助人大代表解决1万元考察费。

2010年3月8日11:00，范体相支书妻子病情严重，镇上帮助解决0.5万元救助金；帮助晃相小玉家解决0.2万元的困难补助。

四

章凤镇弄贯村委会新盖的办公大楼墙壁上，"强组织、建阵地、聚人心、固边疆"12个红色的大字格外鲜艳夺目。

弄贯村委会副支书岳恩帅告诉我们，之前，弄贯村委会一直在60年前建盖的老房子里办公。由于没有一个像样的办公和活动场所，全村120多名党员很少集中在一起开会学习，部分党员思想开始涣散，极大地影响了全村各方面工作的顺利开展。2008年，刘永全在下乡调研的过程中了解到这一情况后，当即表示，一定要让弄贯村的这面旗子竖起来！

一年后，弄贯村"两委"搬进了占地4亩、高两层的新办公大楼，大楼前高高地竖起了鲜艳的五星红旗，办公室设备已基本备齐，规章制度都已经上墙。刘书记为滇赛村小组协调来的500棵树苗，已在村道上长高长大，结出了硕果。岳恩帅说，每次看到村里的那些果树，就会想起他："刘书记是不在了，但是见着这些树，那些老人都还说，不怕，刘书记不在么树在着，刘书记那种精神永远留在滇赛，刘书记永远是滇赛的好书记，也是我们章凤镇的好书记。"

不光是弄贯村，在章凤镇的7个村委会和2个社区，刘永全在任的两年时间里，种下了无数棵"树"，竖起了无数面旗。

在刘永全的强势推动下，章凤镇坚持"围绕党建抓发展、抓好发展促党建"这一基点，确定了"强基层组织、促经济发展、保边疆稳定、护民族团结"四个工作重心，狠抓党员队伍建设，提高党员素质，增强基层党组织的凝聚力和号召力，强化党员的先锋模范作用。

刘永全去世后，章凤镇的各项工作依然井然有序，全镇170多名干部职工在各自的工作岗位上，沿着刘永全书记曾经带领大家开辟的发展道路继续前行。

陇川县的一名干部在回忆刘永全时写下了这样一段话：

> 人这一辈子的时间和精力都是有限的，对于我们在基层工作的大多数人，不可能每个人都干出一番轰轰烈烈的事业。但是我们可以做到像刘书记一样，在这样平凡的地方，在这样普通的岗位上，尽我们所能，用心做到最好，从而有益于自己，有益于他人，有益于社会，有益于国家。他是我们学习的榜样，是全县人民的骄傲，也是插在边境一线永远飘扬的一面旗帜。

我清晰地记得，那次采访结束，离开刘永全父母家时，父亲刘老手扶柴堆，眼中噙着泪花，而母亲李美芝仍然一遍遍呼唤着儿子的名字，在与我们道别后久久不愿离去。那是一幅被定格的画面，老两口永远等待着总也忙不完工作的儿子。

透过老人手中儿子的照片，注视他执着坚定的眼神，我脑海中再次串联起刘永全生前的点点滴滴……仿佛又听到他在2009年的述职报告中掷地有声的话语：

> 组织的任命在纸上，人民的任命在心中。任职以来，我以饱满的精神、昂扬的斗志，投身本职工作之中。把群众的利益实践好、维护好、发展好，做"三个代表"的忠实实践者，是我工作的目标。除外出参加学习外，几乎没有休过双休日，把主要精力都放在了工作上，并努力做到了权为民所用、情为民所系、利为民所谋。

这声音，雄浑而坚定，像远处的青山，在绵延千里中，默默喷涌出一股摄人心魄的力量，生生不息。

那邦边境居民的一天

德宏州与缅甸接壤，有着503.8公里的漫长边境线，独具特色的边境风情和浓浓的胞波情谊，为我的记者生涯带来了不一样的经历和感受。

2013年1月，缅甸政府军与克钦独立军战事持续升温，一枚炮弹落入盈江县与缅甸接壤的那邦镇境内一处山头空地上，虽未造成人员伤亡，但引发了一些境外媒体的不实报道。当年2月中旬，在征得上级宣传主管部门的同意后，我带领两名记者赴那邦镇，对边境居民的生产、生活情况进行了体验式采访。我们用声音记录下他们平静生活的真实片段，制作出广播系列报道《那邦边境居民的一天》，在德宏州内及缅甸境外的调频广播中播出。由于报道真实客观，让境外听众了解了中国边境居民安宁和谐的生活状态，有效传播了中国声音，表达了中国立场，使部分媒体的不实报道不攻自破，及时消解了民众疑虑。对普通中国边境居民日常生活的报道，通过境外广播的传播，也让境外民众对当代中国有了更真实、更全面的了解。

从德宏州府芒市去往那邦的塘石路全长250多公里。我们一路以比平时慢出许多的速度前行，但仍有好几次险些与迎面而来的车辆相撞，因为道路狭窄，弯道特别多。下午1点多钟终于到达镇政府时，我感觉自己的双腿还在颤抖。

一路上，我们的注意力放在了如何安全通行上，完全没有留意到枪炮声，后来据镇政府的工作人员说，我们在路上的那四个小时，有一段时间是枪炮交加的。

简单吃过午饭，我们立即投入采访。

一

　　那邦镇是一个边境小镇，因为紧邻缅甸拉咱口岸，来往做生意的外地人口占了大多数。因此，方圆十多公里的小镇上竟开出了数十家小饭馆。53岁的王大姐就是这些外来小商户中的一员。除了经营饮食业，王大姐还经营着一个小小的杂货摊。

　　清早，王大姐拉开盖着杂货摊的油布，开始她一天的生意。

　　"我们就卖些一般边民都需要的东西，比如拖鞋这些。"

　　说话间，顾客来买东西，王大姐让一个小姑娘帮她去换零钱，顺便向我们讲起了前两天发生在她身上的一件事情：

　　"我告诉你们，前天我的钱掉了，三轮车车夫捡着放在那里，摆了三天。有一个小姑娘来买东西，我就跟她换20块的零钱，我说我的钱掉了，麻烦了。她说你的钱是不是一块一块、五角五角的呢？我说你咋个会晓得，她说我捡着了。"

　　原来，小姑娘捡到这沓钱时一时找不到失主，于是把钱放在每天在固定地点等着拉客的三轮车夫那里，希望能找到失主。就这样，钱原封不动地放了三天。

　　钱虽然不多，但看得出因为这笔失而复得的小钱，王大姐的心里就像吃了蜜一样甜。王大姐当场买了一包烟，对保管这沓小钱的三轮车夫们表示感谢。

　　"后来，我打电话给我妹子说，我们在那邦镇，钱打失掉都找得着。"

　　王大姐家在大理，八年前丈夫从部队退伍。一次偶然的机会，夫妻俩来到盈江边境小镇那邦做起了小生意，这一住就是八年。家中的老父亲希望她能回家操心儿子讨媳妇的事情，王大姐却说儿子还年轻，这个事情不着急，再说年轻人的事自己也插不上手。她和老伴在小镇上生活惯了，和小镇上的人相处得很融洽。

　　说话间，王大姐已经卖出去了好几样日常生活用品。别看这个小小的杂货摊子，王大姐说，生意顺的时候，两天就能有上万元的毛收入。小镇上的中国人、国门外的缅甸人都喜欢来跟她买东西，一来是因为她面善心慈，好讲话，市场价20元一双的胶鞋，在她这里15块就能买到。用她的话说就是："乡里乡亲的，我也不图要赚多少，大家经常帮衬着些就得了。"另一个原因就是热情爽朗的王大姐总是会用笑声感染你，让你不经意间也跟着快乐起来。

接近中午时分，见街对面的饭馆有客人过来，王大姐径直走到街对面，扎起围裙给客人做饭。安顿好客人后，王大姐煮了一大锅杂菜，邀请隔壁卖水果的缅甸人诺伊瓦一家一块吃午饭。王大姐说，在那邦，隔壁邻居哪家做了什么好吃的，都会相互邀请，大家一起吃总是格外香。

她说自己不会把餐馆开到深夜，再多的钱也不如有个好身体、好心情。现在儿女都长大了，生活稳定了，她要享受自己安稳的幸福。从大年初七起，王大姐每天都这样摆摊、收摊、跳舞，品味着自己简单的快乐。

"人人都劝我回去，但我说我不回去。我想过了，缅甸打仗对我们的生活并没有太大影响，我还是照常做生意。这些东西是生活必需品，大家都需要。"

吃过晚饭，阵阵微风吹过，太阳下山了。今天生意不错，王大姐早早收了摊，换上一条黑白点的裙子，约上几个要好的姐妹，到小镇上的文化活动中心去娱乐健身。

那天傍晚的那邦镇文化广场是我终生难忘的场景——灯火通明的广场中央，高高伫立的旗杆下，王大姐和大妈们欢快活泼的舞姿、笑语与同样欢快活泼的音乐回荡。远处，阵阵枪声又起，穿过昏黄凄冷的灯光，一点点隐入山林，滑入暗夜……

二

那邦是一个只有一千多常住人口的边境小镇，镇上唯一的一所小学——那邦国门小学与缅甸拉杂仅一街之隔，学校384名学生中有107名是缅甸籍学生。

上午7点30分，小镇的早晨还带着一丝凉意，五年级甲班的缅甸籍学生李本凤已经坐在教室里，等待她的同学和老师的到来。

上午8点，上课铃声响起，担任甲班班主任和语文教师的25岁景颇族教师金弄兰微笑着走进教室，为学生讲解课文《草原》。

草原，这次我看到了草原，那里的天比别处的更可爱，空气是那么清新，使我总想高歌一曲，羊群一会儿上了小丘，一会儿又下来……

由于学校师资不足，具有音乐特长的金弄兰同时负责全校10个教学班的音乐教学。在学生们眼里，他是一个多才多艺的大男孩，每天和学生吃在一块，玩在一块，对于与学生建立的友谊，金老师感到很自豪。

学生李子文说："金老师很严格，但又很会逗我们开心呢，他教学也很好，带我们学习一些歌曲，还和我们讨论作业，有时也会开一些小玩笑。"

转眼之间，45分钟的课程结束了，学生们嚷嚷着要金老师带他们唱歌。

学生杨碧玉说："我们上课上累了，金老师会带我们唱一些儿歌，这样我们就能更专注地听老师讲知识。"

从德宏师专毕业后，金老师选择回到家乡教书育人。他说，从接触到孩子们的那一刻起，自己的心就被孩子们打动了，选择了这份职业，就承担了这份责任。在他眼里，不管是缅甸的学生还是中国的学生，他都会像家人一样呵护他们。

有一次，金老师值周时，一个缅甸的学生叶宿旺半夜突然发高烧。金老师背上叶宿旺就往卫生院跑，一直守着他打完点滴。为了让叶宿旺睡得更好，金老师直接把叶宿旺背回了自己的宿舍。为了不让他有所顾虑，金老师硬是找同事挤了一宿。俗话说，人心换人心。接下来的一学期，叶宿旺的语文成绩一下从40多分提高到了86分。

金老师也很欣慰。

"之前，他的拼音不好，现在基本懂了。小学生年纪虽小，还是会知恩图报，平时我叫他们做什么，他们会毫不犹豫地去完成好。"

春季学期伊始，金弄兰有一个简单的愿望："把课上好，把他们的成绩拉上来，把他们的生活照顾好，让家人能够安安稳稳地、放放心心地，让学生能够在学校完成学业。"

下午3点20分，第一节课下课后，学校在操场上举行了一个简短的捐赠仪式。德宏州公安局与学校开展警校共建，向学校捐赠了一批电脑、图书和文化体育用品。

晚饭过后，打半个小时的篮球是金老师每天的娱乐项目和锻炼身体的方式。之后，他会走到正在做作业的学生们跟前，开始一对一地辅导。

"'叠'字它是品字形的，所以说写的时候要规整，看一下是不是屁股露出来了，尾巴露出来了。还有写的时候所有的笔顺笔画要正确。"

晚上9点30分，熄灯铃响起，金老师结束了一天的学校生活。这个时候，他回到宿舍的小课桌前，安静地备课，为新一天的开始做准备。

回味着这一天的生活，他感到十分满足。

三

2010年，李林威一家从腾冲来到那邦镇，妻子郭兆芬做得一手好豆腐，夫妻二人便开始了卖豆腐、卖菜的营生。在那邦采访的第四天，清晨6点多，我们在镇农贸市场与李林威夫妻一起摆摊卖菜。

"早上我们在6点半将近7点的时候就要摆好摊了，因为7点半的时候多数人都来买菜了，尤其是开饭馆的人，他们来得早么挑菜要方便些。"

李林威一边张罗一堆的菜，一边跟我们说着话。

菜摊上除了豆腐、豆芽，还有土豆、番茄、青菜、辣椒等各种各样的蔬菜。李林威说，除了豆腐和豆芽外，其他蔬菜都是从距离那邦镇100多公里的盈江县城批发来的，每隔一两天就得去一趟，要是实在忙不过来就请客车司机帮忙带菜。

天色渐明，集市里的人越来越多，李林威夫妻俩开始忙碌起来。没过多久，李林威接到了一位老顾客打来的电话，让他送五斤土豆、三斤豆腐和三斤豆芽去缅甸拉咱。接完电话，李林威立即骑上三轮摩托往拉咱赶。

那邦与缅甸拉咱仅一街之隔，两地的边民凭"边民出入证"一天可以多次来往，手续简单。

老李左手拿着证件，缓缓驶过国门。

二十分钟后，老李送菜回来了。

"缅甸拉咱不种菜，他们吃的菜都要从我们这里购买。他们来买菜时，我们还需要帮忙送过去。多的时候，我一天要送过去五六趟，少的时候也要送一两趟。现在如果服务搞不好的话，卖菜也会遇到很多困难。"

上午11点多，农贸市场里的人群渐渐散去，忙碌了一早上的夫妻俩也开始准备收摊回家。郭兆芬说，今天的豆腐和豆芽卖得都不错，镇上的人特别喜欢吃她家的豆腐和豆芽。

"这个地方来的人大多数是外地人，本地人很少，多数是少数民族。他们不吃多么贵的菜，豆腐和豆芽是最便宜的菜，他们每天都离不开。"

边境小镇的生活安逸而闲适，李林威夫妇在这里获得了"送菜哥"和"豆腐嫂"的美誉，并深深地爱上了这个边境小镇。

"靠卖小菜发家致富很困难，我们现在的生活就像小鸡一样，每天都有吃的，过一天算一天，很开心，也没有什么忧愁，孩子也大了，也很听话。"

四

哏建文是那邦镇人民政府的一名普通民政助理。别看他只参加工作两年半，却已经走遍了那邦镇的各个村寨，对于各村寨困难户的情况，他掌握得一清二楚。

在小镇采访的最后一站，我们走进那邦镇人民政府。哏建文的办公室简洁朴素，没有一件多余的摆设，办公桌上一大堆清晰标注的文件盒格外引人注目。

哏建文告诉我们，基层乡镇由于人员少，民政工作任务繁重，他每天的工作基本上都处于紧张状态。除了做好救济救助、救灾、双拥优抚、婚姻登记、社区建设、慰问金审核发放等工作外，还要负责接待来访群众，向群众宣传好各项民政政策。

说话间，来了一位领取结婚证的小伙子，名叫武贤像。前天他来办理结婚登记时，登记本刚好用完了，哏建文当即联系县民政局托人把登记本带下来，等登记本到后再通知他来办理。

没过多久，哏建文又接待了一位前来咨询低保救助事项的居民。哏建文详细地向这位居民解释了农村低保的相关政策及办理的注意事项，直到对方满意地离去。

哏建文每周至少有三天时间与同事走村入户了解情况。两年多来，他坚持用工作日记把五保老人、孤儿、残疾人、特困户、退伍军人、军烈属和受灾群众的基本情况、存在的困难、生活需求和反映的问题一一记录下来。翻开他的工作日志，上面密密麻麻地记录着民政服务对象的姓名、住址、家庭人口、收入来源、救助类型、困难原因以及需要解决的问题、落实方案等。

"我们民政部门就是要为人民服务，要解决人民的困难。老百姓有什么困难，我们就尽自己的能力去帮助。当然，这必须是要符合条件的。如果不符合条件，我们不予办理；符合条件的，我一定会帮助他们。"

三十九年走村寨

——农村电影放映员郭荣辉

2013年,记者生涯的第十三个年头。一次参加州广电局举行的年度总结表彰会,查看会议材料时,年度先进人员名单中郭荣辉的名字引起了我的注意。

会后,我向广电局的工作人员了解到,时年57岁的郭荣辉是梁河县的一名普通农村电影放映员。从事电影放映工作39年,他的足迹遍布梁河县所有的村寨。从肩背、马驮,到自行车、微型车,他已为乡亲们放映了上万场电影。

联系上郭荣辉后,我带上台里另一名记者,开始一场接一场地跟随他到各个村寨放电影,采访到大量一手素材,写出录音通讯《39年走村寨》。通讯在新闻节目中播出后引起广泛关注,并在当年的云南新闻奖评选中获得奖项,郭荣辉本人也因此获得当年"云岭楷模"称号。

那次采访经历给我极大的感触和启迪,是我记者生涯中一段时常想起,并且愿意不断与人分享的经历。这不仅是因为我们的报道使得一位普通的农村电影放映员得到了社会的认可,受到了更多人的尊敬,还在于我从他身上看到了一个人不慕名利、一生只做一件事的淡泊与自洽。我能从他布置场地、手摇放映机、取片换片、收整银幕时的流利转换中,感受到他的心潮涌动,那种井井有条又活力四射的专注。与现今大多数人相比,他是幸福的。他用自己喜欢的方式为人们带去欢笑,也源源不断收获着内心沉稳踏实的快乐。

多年以后,我从美国心理学家、积极心理学奠基人米哈里·契克森米哈赖的开山之作《心流》中看到作者对于"心流"这种人生最优体验的客观描述,忽然间明白了,一个三十九年如一日不知疲倦地沉浸在一件事情中的农村电影放映员,还有那无数个出现在我采访经历中在常人难以想象的艰苦环境中不吝奉献一生的乡村教师、基层干部、守艺人以及各行各业的优秀人物、先进典型，那些在生死面前全然不顾的抗日将士、救援官兵、人民警察、抗疫先锋……他们辛劳付出背后的收获，早已远远超出简单的幸福和快乐，那其实是一场场历经奋斗、挣扎、磨砺，在冰与火的淬炼中脱胎换骨的巅峰体验，值得一个人以一生的代价全情投入。

> 知道自己要什么，并朝这个方面努力的人，感觉、思想、行动都能配合无间，内心和谐自然涌现。生活在和谐之中的人，不论做什么，遭遇什么，都不会把精神能量浪费在怀疑、后悔、罪恶感及恐惧之上，精力永远用在有益的方面。对生命胸有成竹的人，内心的力量与宁静，就是内在一致的最高境界。方向、决心加上和谐，就能把生命转变成天衣无缝的心流体验，并赋予人生意义。
>
> ——米哈里·契克森米哈赖

说起受表彰这件事，郭荣辉有些不好意思，甚至说不全所获奖项的名称，似乎表彰这件事根本与自己无关。大多数时候，他喜欢坐在一旁侧耳倾听，脸上保持着放电影时固有的专注。

阳春三月，是梁河农村最美的时节。

一天下午，草草吃过晚饭，郭荣辉和同事小杨一道，把60多公斤重的电影放映设备一件一件抬上刚买的微型车。他说，这次要去的地方是一个阿昌族村寨，路弯多路且窄，开车一个多小时后还需要步行40分钟，所以得早做准备。

"在老百姓还没来的时候就要把场地布置好，要是天黑以后才到达，让大家等久了就不好了。"

脱贫攻坚行动开展以前，梁河县是云南省有名的贫困县。那里山多地少，民风淳朴，看电影是农村群众喜爱的一项文化活动。

20世纪70年代，18岁的郭荣辉怀着强烈的自豪感成为梁河电影放映队的一员，领着三十九块五的工资，加上一双"解放"鞋和一个手电筒，开始走村串寨放电影。

39年过去了，郭荣辉磨破了20多双胶鞋，用坏了10多个手电筒，骑坏了3辆自行车，每年至少为群众放映250场电影。梁河县13个村委会78个自然村132

个村民小组，没有人不知道电影放映员郭荣辉的名字，无论男女老幼，人们一律尊称他为"郭老师"。

面对递到嘴边的话筒，郭老师显得有些腼腆局促，不知从哪里说起。

我们也不为难他，悄悄收起话筒，把录音机放进衣兜里。这样一来，他便谈笑自如了。

"我这个人就是干哪一行就爱哪一行，从一开始进入这个电影行业就想着一直干到底，不管它苦也好、累也好，只要上边要求，我就会准确地把电影送到村村寨寨，把党的政策宣传到村村寨寨的每一个角落。"

同行的记者小朱接上话题：

"农村电影放映员是个辛苦的行当，'晴天一身汗，雨天一身泥'是再平常不过的事了吧？"

"是啊。在过去交通条件差的时候，我们下乡放映都是靠肩挑马驮，还要带着发电机下去。也就是说，两个人下乡，一套机器设备200多斤，再加上几个影片，每个影片10多斤，经常是挑着走、抬着走。"

在胶片电影时代，遇到下雨天，放映员的第一反应永远是脱下衣服保护机器、保护胶片。有时，因为下雨无法放映，第二天，郭荣辉不管多远都会返回村子再给村民们放一遍。放完电影，常常已是凌晨，走夜路成了郭荣辉工作的一部分。

"夏天的时候一般都放到晚上12点、凌晨1点，冬天呢天黑得早，可以早一点结束，但也差不多晚上要到11点。有些时候都要等到晚上电影放完以后才能回家吃饭。"

有一次，郭荣辉到水箐李家田村去放映，那时正值雨季，来回120公里的山路，全部需要步行。头天晚上，郭荣辉不知怎的发起了高烧，第二天一早，顾不上家人的劝阻，他在5点多钟就牵着马、驮着机器出了门。走到半路，他实在没有力气前行，而马已经不能再负重。于是，郭荣辉找来一根绳子，一头拴在马背上，一头套在自己身上，让马牵着自己走。到达村子时已经是晚上9点钟，他忍着病痛在泥泞中足足走了16个小时！

"那一次我印象最深的是，不管咋个辛苦，我对老百姓的承诺已经实现了，让他们不耽误更多的时间来看电影。"

像日日夜夜陪伴左右的亲人，熟悉了，情深了，他更加热爱自己的工作。

除了放电影外,郭荣辉把业余时间都用在了钻研电影放映技术上。他发明了自动换片机,下功夫改进日本品牌投影仪技术,为的是让老百姓看电影更舒适。为此,厂家特意来信向他致谢,只有初中文化的他破格评审取得了中级职称。

随着娱乐场所的大量出现和电视的普及,看电影的人不像从前那么多了。当初一起下乡放电影的同事都转行到了其他单位,郭荣辉仍然割舍不下他的电影情怀。

"有人说我傻,说我吊死在一棵树上。我自己的想法是,只要认准一件事情,认准一个行业,就要做到极致。我们的放映都是在农村,在基层第一线,多少年都和农村打交道。可以说,我离不开老百姓,老百姓也离不开我。39年的时间都在放电影,只要大家喜欢看电影,我愿意在我的有生之年把电影送到农村。"

小时候几个月才能看一场电影,现在每天都跟电影打交道,对于这样的生活,郭荣辉觉得很满足。要说有遗憾,那就是39年来,从未和家人坐在一起看过一场电影。

"别人看电影是娱乐,我看电影是为了工作。我和妻子认识的时候,我就在放电影了。从认识我到现在,她没有跟我看过一场电影。多少年沉浸在电影放映工作中,晚上的时间基本上娃娃呢学习都招呼不着。有时候娃娃有一个好成绩想跟我说,等了一晚上,我回来时他还没睡。"

微型车行驶在蜿蜒的山道上,郭荣辉的手机不时响起。

每接听一次电话,他都会放慢速度,小心地把车开到路旁。每次暂停,郭荣辉总是主动为大家报出距离目的地的公里数。

"到农村放电影,首先要有群众基础。我去哪里,农村那些电话号码我都存着,手机里存着480多个电话号码。各村各寨从哪点到哪点有多少公里,哪个村有多少户我都很清楚。"

郭荣辉边重新启动车子边对我们说:

"我血糖有点高,老百姓听说盐霜树皮泡水喝可以降低血糖,就找来给我,就像对待他们自己家人一样。去年,我到李家田村放电影的时候,一个中年男子背着92岁的老母亲来看电影。无论我走了多远的路,再怎么累,看到这种情况,都不觉得累了,非常感动。老人家这种年纪,还想着来看看电影,这就说明我们的电影在老百姓心中扎了根。"

走了一个多小时，郭荣辉把微型车停在一处空地，与前来接应的四五位村民一起，手脚麻利地用绳索和竹竿把放映机、音箱、银幕、电源线分别打包装好。然后，他指着前面一座小山坡告诉我们，还需要步行40多分钟才能到达放映点——荒田村民小组。

我们刚下车时看到小山坡全部被绿树覆盖，坡顶有薄雾环绕，风景绝佳，庆幸可以一路拍照前行。可走了一半路就已经气喘吁吁了，越往里走越发冷得刺骨。郭荣辉与另一位村民担着20多公斤的担子走在最前头，一面走一面扭头对后面的人说，这样的山路不算最难走，遇到塌方下雨，有的村子要走五六个小时才能到达，一个来回要两天时间。

到达荒田放映点时，已经是傍晚，村子里静悄悄的，家家户户还在田里劳作。村口几个玩耍的孩子见来了陌生人，拘谨地站在路边观望。忽然，一个稍大的男孩一跃而起，跳上自家的牛背，用手拢在嘴边围成一个喇叭的形状，用阿昌话对着远处大声喊起来。郭荣辉笑着告诉我们，这些调皮的娃娃又在学着曹社长的模样用广播通知大家看电影了。

"只要我去的地方，大家就认为今晚有电影看了。"

在民族地区放映时，有些少数民族群众听不懂，因此放映员经常需要多做一些解释，还要根据当地的生产情况，选择适合的科教宣传片。比如，在阿昌茶山就放映关于茶叶栽种技术的影片。正式放映之前，郭荣辉加映了一场关于有机茶种植的科教片，几位村民和我们聊了起来。

村小组长曹连昌说，他最喜欢郭老师来放电影。一放电影，家家户户都会聚集在一起。要传达什么会议精神或宣传什么政策，用不着专门召开群众大会，一次就能解决。

"是啊，是啊。"

一位村民笑呵呵地接过曹连昌的话，但一抬头便碰到了记者的话筒，紧张得不知怎样表达。

话筒传到阿昌族妇女杨恩芹面前，她的笑声悦耳动听：

"郭老师来放电影时，我们家曹社长就在大喇叭里一广播，一寨子的人都来瞧电影。我们脚手都忙不赢洗就跑来了。老的老，少的少，大部分都来呢。像比如说亚肥料咋个施，采茶咋个采咋个剪，我们农村人学着自己去栽去种，日子就更好过了。"

笑声带来的轻松感染了在场的人。当被问到郭老师放电影辛不辛苦时，大家都围了过来。

杨恩芹说："辛苦啊，晚上回到家怕是凌晨1点多了，他在这里放到12点，回到家也差不多这个时候了。每次他来都是一个人。放电影的时候，我们忙得过来就帮他拉幕布，结束时又帮他收收，他再慢慢地独自回去，真是辛苦呢。"

另一位村民也插话说："有时候我们叫他吃点东西，他说不饿，我们让他歇会儿，他也歇不下来。送他回去他也说不用送，他是坚持着。我们扎实感谢他呢。"

晚上11点半，影片结束了，大伙儿七手八脚地帮着收拾好放映机。几位妇女在一户村民家里烧好火盆，烤上了粑粑，执意要郭老师吃点东西、喝口小酒，休息一下再走。

小院里，人们即兴唱起的阿昌族山歌驱散了寒意。

在歌声中，不善言笑的郭荣辉悄悄退场。我追了上去。

听到有人喊他，他忙表示歉意。

"实在不好意思，我好多年不喝酒了，明天还要去放电影。只要他们高兴，我也就高兴了……"

80后村支书

留在记忆深处的,还有一位80后傈僳族村支书余兴高。

2016年,冬至刚过,正是地处高寒山区的盈江县苏典傈僳族乡茅草村一年中最寒冷的时候。12月24日傍晚,村主任早兴林家刚围起的火塘边,30岁的村支书余兴高向扶贫工作队队员小蔺谈起下一年工作的打算。

"我们以总支的名义贷来了十万块钱,准备搞野山茶果来育苗,育苗之后就可以提供给农户种植……"

那晚,余兴高还对我们讲起自己的一桩高兴事。再过半年,他作为一名国家正式承认学历的大专生,即将从盈江县委党校经济管理专业毕业了!

2012年,26岁的余兴高当选茅草村民委员会党总支书记。那一年,全村农民人均纯收入800元,村里没有出过一个大学生,350多劳动力人口中,高中以上学历的仅有2人。

余兴高在家排行老三,两个哥哥很小就跟着父母干农活,他和弟弟勉强读到了初中。

"小学毕业时,因为家庭困难,我没有办法去读初中。当时,我们村里送给我几袋大米,用这些大米换取餐票。放学后,我们去找些副业,打点零工,就这样熬过了初中。"

由于文化水平不高,知识结构单一,余兴高在工作中明显感到力不从心。2015年秋季,他接过老支书的接力棒,报名参加了盈江县委党校经济管理专业的学习。

"当时我想,就因为我们茅草村没有知识分子,才会产生一系列薄弱环节,所以我就决定去读这个专科。"

基层干部的事务多且杂,工作与学习、学习与生活之间都存在矛盾。

"特别是今年,我家这个小娃娃又得了气管炎,前前后后去了县医院住了六次，再加上我们村委会开展脱贫攻坚工作，工作量很大，给我的学习带来了很多困难。"

余兴高每月领着1200元的工资，读完了20多本经济类教材，系统地学完了土地利用规划、税收基础、农村环境保护等10多门课程，脑海中绘制了带领村民脱贫致富的蓝图。

"在我们村，野山茶和刺竹笋比较普遍。通过在县委党校学习，我们统一了思想，决定设立野山茶专业合作社，用专业合作社的模式进行管理，实现统一管理、统一销售。"

在余兴高的带动下，茅草村一年一个新变化。2016年，全村人均收入达到1800元，四年翻了一倍多。除了建立野山茶专业合作社外，村里还计划引水种植草果，用三年时间让村民得到实惠。

夜深了，火塘里的炭熄灭了又被添上，余兴高的目光中依然闪烁着火焰般热情……

"下一步，我们村还有符合条件的年轻人，也要让他们去党校好好读书，提高自身的综合素质，以便更好地带动茅草村的经济发展。"

十多年过去，我一直没有机会再见到余兴高。驻茅草村工作队的同志说，如今的茅草村委会人均收入都在万元以上，草果种植已经成为村民收入的主要来源。2023年，村里在南帕村民小组投资350多万元建成千亩连片草果基地，余兴高依然担任村支书，信心满满地带领群众获得更大的实惠。

驻村工作队员的两个"家"

2020年2月11日，芒市教育体育局派驻西山乡毛讲村的驻村工作队员赵家才和同事一起，到村里最远的月亮湾卡点检查新冠疫情防控工作落实情况。吃过晚饭后，他又马不停蹄赶到拱林二小组开展巡察。晚上9点多驾车从拱林二组返回途中，赵家才突然昏厥。第二天凌晨2点25分，因抢救无效，年仅48岁的赵家才倒在了疫情防控第一线，他奔忙的脚步永远停在了景颇山。

2月14日至16日，我们沿着赵家才生前工作生活的地方，寻访驻村队员、村组干部，走进贫困家庭，追述他一心一意帮扶困难群众的点点滴滴。

年初的时候，春节假期还没结束，面对严峻的疫情，赵家才主动向单位提出提前返岗。妻子杨育丽帮他草草收拾了几件换洗衣服，夫妻俩像往常一样轻松道别。没想到，这一别就再也没能等到他回家。

赵家才12岁的独生女儿赵宇轩脑海里反复闪现的，是爸爸返岗那天午饭时跟她说的话。

"爸爸去工作队那天，还答应我说，我这次考试成绩还算不错，爸爸说等到他回来就满足我一个愿望。其实我的愿望一直都不是要我爸爸妈妈满足我什么，我只希望我爸爸和妈妈长命百岁。"

赵家才派驻工作队时，正是女儿小学六年级的关键时期。妻子在乡镇小学教书，常常顾不了家。她心疼女儿一个人坐公交往返学校不容易，真心希望丈夫能留在家里搭把手。芒市教育体育局局长冯鸾芳说，这些困难赵家才从没向组织提起过。按他接近50岁的年龄又有实际的家庭困难，组织是会考虑的。

"脱贫攻坚今年是最后的攻坚战，他对孩子的陪伴是很少的，就像他妻子说的，非常非常不愿他走，想陪他走，两个人相互陪伴的时间太少了。"

赵家才生长在普通的农村家庭，生前是芒市教育体育局的一级教师，2004年6月加入中国共产党，2019年3月派驻到西山乡毛讲村开展驻村帮扶工作。

"阿才在我心目中是一个非常了不起的丈夫。我们这个农村家庭，不管是我这边还是他那边的家都需要他来照顾，我两个姐姐家的娃娃读书，家里面生活困难，他都是自己有多少钱都愿意掏给他们。他工作上的事情压力再大，都不带回家里让我们晓得。"

杨育丽说，自从进到工作队，感觉自己的丈夫好像又有了另一个"家"。

年三十刚过，户主木勒崩就接到挂钩干部赵家才打来的电话，他一遍遍叮嘱他和家人：现在疫情形势非常严峻，这段时间田地不用管得太勤，没事不要串门，有什么困难及时给他打电话。

木勒崩的妻子李木兰说，每隔三两天，赵老师就会到家里来转一下，年前还帮助家里协调了3000元钱建起了铁皮拱棚。赵老师来后，自己和丈夫的思想发生了很大变化。如今，新房盖起来了，他手把手教授种下的砂糖橘和西番莲都挂果了，日子一天天好起来，而一家人心目中的大家长却不在了。

"他几天来一次，盖房子的时候天天来。他来送给我们口罩，叫我们要管好娃娃，管好自己，不要出门，要洗手、戴口罩。"

毛讲村是一个以直过民族景颇族为主的深度贫困村，有108户人家，其中建档立卡贫困户25户。村干部们说，赵家才驻村的第一时间就把党组织关系转到了毛讲村村民小组党支部，进了村就脱掉皮鞋，卷起袖子裤脚，上山下地和大家打成一片，一门心思为这个大家庭的发展出路。由于与景颇族群众语言交流不畅，他就随身带上小本子，边学边比画，只用了几天时间就摸清了所有建档立卡户的基本情况。他坚持每周至少一次到贫困户家中开展入户政策宣传和产业帮扶指导，村民们觉得赵家才有学识、有见地，做事认真且有耐心，都亲切地称他为"赵老师"。

毛讲村委会广林二小组村民何勒跑说，他家的砂糖橘刚刚开始投产，总产量有八九吨。他本想着能卖个好价钱，没想到因疫情影响，外面的果商进不来，眼看着这么多橘子就要烂在地里了。赵老师也很着急，他帮忙联系所在单位，动员同事们来买橘子。

何勒跑说，赵老师离开的前一天还通过微信转给他200元钱，说是买一些砂糖橘，还安慰他说不要着急，剩下的很快就会卖出去。

"他来了这么长时间，天天跟大伙在一起，像亲兄弟一样。闭上眼睛就能看到他，晚上睡觉也想着他，一晚上都睡不着，流着眼泪。现在想看一眼都看不着，只能看看手机上的照片。"

从前，毛讲村村民的经济收入主要靠甘蔗，来源单一。赵家才和其他工作队员、村组干部合计着引进经济林果——西番莲种植，增加村民的经济收入。他们从村外请来老师办培训班，挨家挨户动员村民学习新技术。现在，全村已发展西番莲种植900多亩，为村民带来了不错的经济效益。

"他们去看那些产业时，皮鞋穿不得，直接脱掉，光着脚走。有时候晚上他们肚子饿得咕咕叫，饭都没得吃，就在山上做那些工作。"

建档立卡贫困户唐弄卷年纪轻轻却待在家里不做事，时常还要老母亲照顾。赵家才了解情况后，多次开导他。现在的唐弄卷不仅和大伙儿一样种上了西番莲，还拿到了电焊资质证。

村党总支书记张勒南说：

"越是懒的家庭，他越爱走。村委会引进电焊技术培训，逼着弄卷参加。现在，唐弄卷既有了电焊技术，也有了电焊资质证，现在很少待在家里，闲不住了。"

毛讲村驻村工作队第一书记、工作队长李同祥说，2019年，赵家才负责的25户建档立卡户实现了整组脱贫，没有出现返贫现象。年末村进行党员民主评议时，大家一致推选赵家才为优秀党员，但他以自己进村时间短、为大家做的事情还不多为由婉拒了。

赵家才去世后，被市委、州委相继追授为"优秀共产党员"。

"胡蜂"教授

2021年，11月初的芒市，秋天的暖色还没有褪去，空气中已弥漫起丝丝寒意。一个清晨，我们跟随德宏师范学院教授郭云胶，走进学院位于芒市轩岗乡筠竹园村的胡蜂昆虫养殖基地。

来到一片葱翠的茶园，见到两位养蜂农户，郭老师上前忙着做介绍。

"这两位农户是我们团队的师傅。我带农户养蜂这么多年，发现这和我们中学当老师一样，要因材施教。"

农户："我叫樊义学，我是江东乡李子坪村民。"

农户："我叫樊义祥，也是江东乡李子坪村的。我们是两兄弟。"

郭老师边走边说："两兄弟都跟着我们的团队养蜂。养蜂这个业务很适合山区农户，为他们提供和开辟了一个新的增收途径。做得好可以达到致富的效果，至少能够实现脱贫。"

郭老师20世纪80年代从云南师范大学生物系毕业后，被分配到德宏州民族中学教书，半辈子都在和生物、昆虫打交道。1988年至今，他利用寒暑假带领一批又一批学生到铜壁关自然保护区、红崩河37号界桩、陇川王子树乡、瑞丽莫里河谷原始森林、芒市背阴山、黑河老坡、清水河104号界桩、龙江河谷等地进行实地考察，足迹遍布德宏州各个村寨。30多年来，他指导的学生先后获得国家级奖项28次，省级奖项100多次，其中包括"中国青少年创新奖""毛丹萍青少年发明奖""全国发明展览会金牌奖""长江小小科学家"等高规格奖项。

"1990年，有一个学生因为发现了一只名为半文喙蝶的蝴蝶，参加全国比赛并获得了一等奖。在这个奖项的鼓励下，我就带领学生开展了许多关于生物多样性宣传和保护方面的活动。"

在连续十多年的实践中，郭老师和他的学生亲身感受到了大自然的奥秘，德宏州森林植被和野生动物的变迁。他们客观地认识到山区群众科学知识的巨大盲区，以及大规模推广种植橡胶、茶叶、甘蔗等单一人工经济作物对生物多样性造成的破坏。这也坚定了他带领学生走保护生物多样性和可持续发展道路的信念。

"有一次我带着学生去市场上调查，看到那些农户在卖竹虫。我问竹虫是什么变成的，会变成什么？那些农户说不知道竹虫是什么变成的，反正它变成了'灯仙'跑掉了。从生物学的角度来说，竹虫不可能变成'灯仙'跑掉。我就把这个作为一个课题来研究，带着学生在学校的竹林里观察竹虫的变化。经过六七年的观察，终于解决了竹虫是如何变化，变成什么的问题。研究结果写成了小论文，并向老百姓进行了科普，介绍了竹虫这种昆虫的生物学特性。"

2007年，郭老师调入德宏师范高等专科学校（现德宏师范学院），在教学的同时从事科研工作。36年来，从辅导学生开展科技创新活动，到支持农户进行昆虫养殖，从最初的兴趣爱好到肩负上的责任使命，他将课堂从教室延伸到了田间地头、广阔乡野。在保护生物多样性的同时，他想方设法突破胡蜂养殖技术，为当地群众增收入，发展乡村经济。

云南广大山区山高林密，为胡蜂科的土蜂、葫芦蜂等提供了丰富的昆虫蛋白质类食物和果汁、花蜜、树汁等维生素类食物。野生胡蜂蜂群生长快、产量高，是因地制宜、就地取材发展山区特色资源产业的最佳地区。2009年，时任德宏师范高等专科学校食用药用昆虫研究所所长的郭老师多方筹集资金，带领第一批9个山区农户，先后到200多个山区乡镇、3000多户农户家开展调查，建立了300多个试验点，采取试验过程中产出的蜂蛹、蜂蜜等产品由试验点农户自行出售获得收入的方法，激励山区群众参与试验，从规范大棚设施、解决蜂王繁殖、标准蜂群培育等关键技术着手，开展了长达10年的科学养蜂原创性研究。

"当时我们还在进行竹虫研究。在这个过程中，我发现对山区老百姓最有用的昆虫，比竹虫还要有用的就是胡蜂，也就是老百姓口中的杀人蜂、黄妖蜂、土蜂等。那个时候也是从保护生物多样性的角度出发，我要通过我们研究所的研究，让土蜂的种群恢复。当时我就选了9个农户，有德宏的也有保山的，从2009年做到2013年。在这个过程中经历了无数次的失败……"

在与胡蜂苦乐共存的10年间，郭老师收获了众多荣誉，被多家媒体风趣地称为"胡蜂教授"。然而面对大大小小200多个奖项,他说自己是一名教师,也是一名学生,教学相长,有教有学,自己要向别人学习的东西还有很多。

"做研究的过程中,我发现有些农户的房前屋后既养着葫芦蜂又养着蜜蜂,两种蜂都有收入。我们受这个启发就开始指导一些农户在他养胡蜂的区域内,按比例地养葫芦蜂和蜜蜂。几年下来,这种把论文写在大地上的成果就是农户在一片山林里,既有葫芦蜂的收入,又有蜜蜂的收入,他的劳动收益的性价比就高了。"

从生活到学术研究,郭老师奉行朴素简单的原则,脑海中始终坚守着一个朴素的观点:保护生物多样性是一辈子的事情,与老百姓的生活息息相关、密不可分。

"习总书记说'绿水青山就是金山银山',我们做生物多样性保护也好,做其他工作也好,都要注重经济效益,要帮助农户增收。我们研究昆虫,首先是保护生物多样性,其次是在保护的同时也要帮助农户增收,两不耽误。生物多样性带来了老百姓收入的多样性,保护好生物多样性,就是保护了老百姓的收入。"

在胡蜂养殖基地,养蜂大户陶顺碧告诉记者,从前,他们一家靠打工和种水稻维持生计。2009年,他跟随郭教授团队进行科学养殖胡蜂的试验,三年后成功批量繁殖蜂王。2015年,他招聘了6名技术员和9名临时工,自己当上了老板,成立了养殖公司,先后建起了29个科学养殖胡蜂的大棚,开展了600多组养殖试验,并为全国近500人次传授科学养殖胡蜂的技术,带动周边600多农户养殖胡蜂。

虽然陶顺碧看起来仍然是一副农民的打扮,郭老师笑着调侃:"如今他的技术过硬,带领团队在互联网领域开辟了自己的领地,已经成为胡蜂界的网红,蜂业养殖产品供不应求,年收入20多万元。"

"以前我们都不会养蜂子,2008年郭老师来指导我们科学养蜂。他教我们如何从野外把蜂带回家养,养到什么时候出蜂王,安装什么样的蜂房进行交配,他又手把手教我们怎么喂养,用什么方式喂养。"

回忆起12年的养蜂经历,陶顺碧感慨地说:

"在郭教授来之前,娃娃上学一个星期才拿5角钱或一元钱,那个时候拿五角钱都非常吃力。当时摩托车也买不起,我和媳妇走上走下,走七八公里回家。郭老师带我们养蜂以后，生活得到了很大的改善，从没有5角钱的条件走到现在的有房有车，可以说生活没有问题了。"

10多年来，由于卓有成效的研究，在媒体宣传报道的助推下，大量山区群众正确认识了胡蜂的生态价值、食用价值、药用价值，了解了胡蜂和蜜蜂的区别，认识了胡蜂的生物学特性。在全国山区农户掀起了科学养殖胡蜂的热潮，点燃了近百万像陶顺碧这样的普通农户参与科学养蜂的热情，促成了近千家相关企业、合作社、协会的形成，同时也促成了一大批以胡蜂资源产业信息交流为主的微信、QQ、快手、抖音等网络信息平台的形成。

"我们科研工作者，高校的科研任务之一就是服务于社会。最大的成就实际上就是解决了三大昆虫的养殖技术：竹虫的养殖技术、胡蜂的养殖技术，还有我们即将推出的蚂蚁蛋的养殖技术。

我们的研究方向要接地气，要把论文写在大地上。现在，竹虫可以养殖出来了，胡蜂也可以养殖出来了，这既保护了资源，又增加了农户的收入。"

茶园春色

沿着芒梁公路一路向前，茶园是最美的风景。茶山云雾缭绕，一片片茶园碧绿如染，远远望不到边界。时任梁河县大厂乡大厂村委会党支部书记的尹寿辉向我们介绍，"回龙"茶的发源地——大厂村回龙寨90多户人家户户种茶，多的几十亩，少的几亩，人均种茶超过了两亩。这些年来，村里已经没有人外出务工。

"茶产业是我们村的支柱产业，上学读书靠茶叶，讨亲嫁女也要靠茶叶。鲜叶价格最好的可以买到最好的一斤米，差些的也能够买到便宜些的一斤米，生活基本就是靠茶叶了。"

1950年1月，德宏地区第一个党组织——中共梁河特别区委员会在大厂乡建立。在党的领导下，当地群众开垦荒地，种植连片茶园，揭开了"回龙"茶种植的历史篇章，开启了从封闭走向开放、从贫穷走向富裕的新征程。

到2021年，梁河县茶园面积从最初的8亩拓展到了5.3万亩，茶叶种植覆盖9个乡镇42个行政村，建成了大厂、小厂、平山3个万亩茶乡和24个千亩茶村，年总产值超过2.7亿元，年产量达3500吨，农业产值比十年前增长了2.4倍。"回龙"茶获得农业农村部中国农产品地理标志认证，梁河县成为名副其实的"中国茶业百强县"。

而在过去，梁河县曾是国家级贫困县，全县61个行政村中，包括大厂在内的50个都曾是深度贫困村，人均纯收入不足千元。

自1950年诞生第一个党组织以来，大厂乡先后建立起31个基层党组织，一批批共产党员前赴后继，不忘初心，在这里留下了报国为民的奋斗足迹，如今已步入耄耋之年的梁本灿、袁建友就是其中的两位。

参加过第一任特委组建工作的梁本灿在22岁时光荣入党，95岁高龄时，他是当时第一批14名党员中唯一健在的一位。据他回忆，梁河境内居住的少数民族占总人口的三分之一以上,加上地处边远,交通闭塞,产业薄弱,发展一度落后。

"那时候住老草房、吃救济粮,现在在党的领导下,经济得到了发展。再一个呢,人们的学习进步,这也是山区人的变化。"

剿过匪、参加过解放战争的袁建友老人感慨地说:"1963年我去大厂时,背着背包走路去,慢点走要2个小时。大厂那时是篾笆房,群众吃救济粮,生活困难。我们去帮他们修路、搞生产、种茶叶。梁河县翻天覆地的变化在当时是想都想不到的。"

让特委旧址的群众过上幸福生活,始终是各级党委、政府的牵挂。党的十八大以来,中央、省、州领导多次到梁河考察调研,不断加大政策、资金帮扶力度,支持基础设施、特色产业、易地搬迁项目建设。德宏州把大厂列为脱贫攻坚主战场,选派一批又一批驻村干部,建立起对口帮扶长效机制,持续推进教育、医疗、住房、饮水等民生保障普惠性政策落实,夯实茶叶产业发展的"底盘"。

到2020年,梁河县成功摘掉了国家级贫困县的帽子,50个贫困村全部脱贫出列,大厂山乡焕然一新。于2018年7月建成的梁河特委纪念馆,在2021年9月升格为省级爱国主义教育基地,向社会各界展示革命文物、传播革命思想,并开展爱国主义和党史学习教育。散布在全乡2000多户人家的436名党员在各行各业发挥引领带头作用,带领群众发展壮大茶叶特色产业,昂首迈向新时代。

在采访中,我们看到大厂乡的回龙寨已成为美丽乡村示范点,乡村旅游和电商蓬勃发展。

段银秀是回龙寨妇女之家的家长,也是一位有着10年党龄的党员。2022年春茶开采,她家平均每天销售茶叶20千克,实现茶叶收入6万多元。如果不是疫情影响,刚刚过去的五一小长假会有更多游客到来。她告诉记者,这些年来,大厂乡群众继承和发扬优良的革命传统,积极响应政府号召,一心一意跟党走,茶叶产业从无到有不断壮大,日子越过越红火。"现在我们回龙寨一半以上的人家都有自己的车,43户有了加工房,平均每两家就有一家加工房。"

段银秀兴致勃勃地向我们讲述了像她家一样的大大小小家庭农场的发展变化。

"我家的茶叶产业刚开始的时候每年只能生产一两吨,后来逐步增加到10多吨、20多吨。现在做茶叶,不再仅仅追求吨位和数量,我们现在都向生态、优质的茶叶产品方向发展,所以我们的产量在逐步下降,但收入却在逐步增加。"

下辑

专注与坚持　汇聚传承伟力

每个人都曾执着一些什么。因为执着，他们都曾深陷困境。

17岁时，金保应召进入傣戏团，学习识谱、唱歌、练功。别人上一堂课，他上两堂课，多次韧带拉伤，汗水与泪水交织，嘴里全是苦涩。

三千多个日夜，几万次织线穿梭。中年丧夫，石玛丁每隔半月徒步到13公里外的集市，用织锦换回一家老小的生活费，眼泪浸润布满血丝的双眼。

在傣族少年牛背上放歌、泥塘里打滚的年纪，8岁的哏从国便已跟随叔叔学艺，每天吹奏3个小时的葫芦丝。

朗四一生挚爱象脚鼓。"文化大革命"时期，村子里没有一点生气，人们不再跳舞，也没有人做鼓了，看着老艺人们做的鼓堆在角落被虫吃，朗四心里不是滋味："这么好的东西不能像干草垛一样随意丢在田埂上。"

全国唯一的德昂族乡三台山处冬瓜村，做了一辈子水鼓的李腊补老人安静离世，青壮年一个个走出大山，水鼓舞传承人李三所忧心忡忡。

沮丧如影随形，失落痛彻心扉。

在户撒打刀人李成强的记忆中，父亲手中的铁锤起起落落，一锤一锤将一家人的年年岁岁打进一堆黑铁里，好运总不降临。

背着布包，阿昌族织锦传承人梁润仙主动上门教授织锦技艺，3天走完30公里山路，收不到一个徒弟。

繁重的农活和停不下的舞蹈，孔雀舞传承人方桂英72岁时腰板已不能完全挺立，每次抖肩都是一次艰难的挑战。

是什么给予他们专注的力量，摒弃生活带来的艰辛，收获内心踏实沉稳的快乐？什么样的花开花谢，什么样的春秋冷暖，支撑他们快意决然地奔赴？

脚前一张齐膝高的竹编圆桌，桌上一把剪刀、几张红纸，映衬着一张温和的面庞。农闲的大多数时光，傣族剪纸传承人邵梅罕一个人坐在自家小院的阴凉里。在那里，桩桩件件的活路又都静静起头，不扬起一粒尘土、不摇响一片树叶……小小的剪刀牵动万千思绪，一方红纸间展现一个个冒着热气的生活场景，也让世人领略了傣族剪纸的无穷魅力。

芒项村边小河独有的黑泥，是制作土陶上好的泥料。清晨，73岁的傣陶技艺传承人叶板下河取泥，揉磨打坯后生火烧制。赭红与米黄，古雅素朴，透出日子的光泽。

人声再嘈杂，打铁的人只专注于自己的手，看铁锤一遍遍落在铁枕上，将一块铁打扁修平，烧红、变冷，再烧红、变冷，一点一点磨掉人生的沟沟壑壑。打了36年刀，听力如同耄耋老者的项老赛相信，不论社会怎样变迁，人情怎样变换，总有一天，那些远在时光另一头的印记，终将绕过岁月的锤打，于无声处重新回到现世。

踏上一条无悔的路，就注定要比别人付出更多的艰难与辛酸。面对困境，他们遵从内心，凝聚匠心静气，在自己热爱和擅长的领域凿出深井。

经过做与不做的抉择，酸茶制作技艺传承人们担起了民族文化传承的重任。一杯酸茶，让世人尽享德昂族风情，也改变着一方乡亲的命运。咚咚咚咚的水鼓声，一声一声落在多少年前的鼓点上，后一声追赶着前一声，穿越先人经世不泯的记忆与祝福，如同精灵曼舞，世世代代与德昂族相生相伴。

胸中鼓声隆隆，凿刻之间，传递的却是无边静谧。年轻的朗四用家里仅有的一升米、两元钱向老艺人拜师学艺，数年潜心钻研，成长为国家级非物质文化遗产代表性传承人，让象脚鼓载着傣族人的欢乐，传遍村村寨寨。

首创剪纸动漫、探索傣族剪纸多样化传承，艺术家樊涌前行的脚步从未停歇："我想让更多的人爱上我们美丽的家乡。"

在唱腔中打磨，在跌打中回旋翻转，青春背负着挚爱，快步前行。2007年，第一届中国少数民族戏剧会演中，金保和已故表演艺术家万小散同台主演的剧目《南西拉》荣获金奖。永恒的瞬间，定格在家乡35万傣族人民心中。

将两个孩子养育成人，摸索创作出100多种花样，教会村里所有的妇女织锦技艺，石玛丁的梦里铺满了织机和针线。每年正月，3000多个景颇族背包、600多条景颇族筒裙涌向市场。

克服听力障碍，老党员项老赛将一身技艺向乡亲倾囊相授。14年过去，李成强延续父亲的基业，建起户撒阿昌刀的百万产业链。

学会与孤独同行，哏从国继承叔叔哏德全的遗志，不仅将葫芦丝艺术传遍世界，更带领乡亲发展葫芦丝产业，倾力改变山乡面貌。

学生一茬又一茬，培训班一期接一期，经历无数曲折与磨难，"孔雀比朗"方桂英眼里闪动岁月沉淀的灵气。

专注与坚持，汇聚传承的伟力，生生不息……

刀剪中的传承

邵梅罕的家在芒市坝子风光迷人的那目村,这个民风淳朴的傣寨,是德宏州最大的傣族聚居地。小的时候,梅罕常常跟着村中老人去奘房拜佛,奘房大殿及周围的佛龛、佛幡、彩灯、凉伞,看得她眼花缭乱。她觉得剪纸跟跳舞一样,节奏和韵律都美极了。不同的是,剪纸不像跳舞受场地限制,想到什么就剪什么,心灵可以在思想的田野上自由奔跑。她剪孔雀、公鸡、大象、水牛,剪佛塔、奘房、莲花、菩提树,还有栽秧、麦收、唱歌跳舞、挑水、洗衣、种菜的生活场景。刀剪落处,那些花一样的图案,到了时候,便不可阻挡地一朵一朵绽放开来。

中国是世界剪纸的发源地。自古代造纸术开始,丝绸之路上的纸文明就一直活跃在我们的日常生活中。今天,在中国境内有30多个民族延续着剪纸文化传统,剪纸也是中国最具普遍性和文化多样性的代表性非遗类型。

不同于中原汉族剪纸的繁复精细,傣族剪纸包含丰富的佛教义理、原始宗教及民间习俗的多重内涵,给人以拙朴天真的印象。它最早起源于祭祀仪式所用的纸幡。在傣族小乘佛教的信仰中,剪纸是祭祀仪式中不可或缺的文化载体,用于佛事的剪纸与剪金随处可见。在今天,在许多民间艺术由"慢"向"快"骤然转换而产生的衰退与流变中,傣族剪纸仍然保有它所依附的完善的民间信仰体系,以独特的节奏气韵,延续着刀剪中的千年传承。

有傣族居住的地方就有剪纸艺人。他们大多有着与邵梅罕类似的生活成长经历,无论日常创作还是对坐访谈,总能一边使唤剪刀,一边聊着农活奘事,创作之外的功夫,纷纷落到了技艺上。生活中那些看似目的之外的东西,闲散时光中酝酿的道理和情感,一定秘密地支撑着一些什么,因为一门技艺的传承,不仅仅是技艺本身,它还承载着生活的多元广阔,寄寓着朴素的美学哲学道理。

平面、折叠、镂空、直白、坦诚，物象之间互不遮挡互不重叠，没有层次复杂的画面，没有明暗深浅的光效，一切明快醒目，纯雅大方。艺人凭借经验和灵性的自如挥洒，看似随意轻快，却是有根有底，连着生息：竹林、青树、稻田、小河，吉象成双、孔雀起舞、游鱼嬉戏，菩提树下有佛塔，塔中是树，树中是塔，田野里有丰收，丰收里有辛劳，节日里有欢乐……他们的作品，初看不太有主次之分，一般创作中通过削减某些层次使人物或主题更加突出的做法，并非他们的追求，或者更确切地说，没有方法，没有目的——目睹万物生动，体悟佛法玄机，刀剪中显现的是生活本身的样貌，像树上的鸟和花，落落大方，唱过了、飞走了、开了、凋零了，他们让所有欢乐的、幸福的、悲伤的、喜欢的、不喜欢的、好看的、不好看的并列一处，和睦相处，获得大自然用慈悲应许过的公正与善待。

手工剪纸本质上区别于现代机器裁剪下的平整、流畅和呆板，它需要艺人大脑、心灵和双手的配合，需要手艺人时而喜悦时而激动的灵气赋予，甚至一刀一剪所产生的拙笔和缺憾。欣赏一幅未经装裱的傣族剪纸，我喜欢将它举到略高于视线的位置，那些刀痕镌刻中的丝丝缕缕，像雨后无数披光的树叶，不停翻动着它的脉络和虫斑，展露无限生机与可能。那是人间大地最美好的样子，也是人与自然最理想的依存关系，值得被端详、被尊重。

2006年，"傣族剪纸"被列入国家级非物质文化遗产保护名录，2009年又作为中国剪纸的子项目列入联合国教科文组织非物质文化遗产保护名录，傣族剪纸逐渐走入人们的视野。一批又一批的仰慕者、参观者、学习者走入剪纸艺人的生活。然而，他们还是他们：不被声名所累，不受利益束缚，不关心市场的走向，不测量掌声的分贝。劳作和乡村是永远的母题，他们忠实于自己的心灵和双手，始终保有劳作者的姿态：清晨起身，下地干活，农闲时铺开刀剪……他们是掌纹粗糙的诗人，行吟在踏实的土地上；他们知晓大地的脉络、河流的走向，熟悉四季的节律、农事的细节，懂得简朴的内涵，更懂家园的意义。

芒市勐焕街道东北里社区，在新中国成立前称为"东门"，是当时傣族土司的所在地。那里曾聚集大批金银器制作、织锦、绘画、雕刻、泥塑的手艺人，也是已故剪纸艺术大师、国家级傣族剪纸技艺传承人思华章生前的居住地。思华章的父亲是土司府的一名画匠，其师傅是当时无人不知、无人不晓的民间工艺大师杨祖肇。思华章老人于2011年故去后，他的儿子思永生继承了父亲的手艺，使用特制的铁皮剪、锯和自制的小凿，将剪纸技艺神奇地展现在铝皮、铁皮制成的佛伞、佛幡、佛灯和一些民居建筑装饰材料上，沿着父亲的足迹继续前行。

紧邻思家的佛光寺大门顶上，至今保留着思华章生前的金属剪纸作品，年轻的傣族新剪纸艺术家樊涌常常来到这里寻找灵感，有时也会进入思永生二楼小阳台上的工作室，与他一起探讨剪纸传承技艺。

早在少年时代，樊涌就迷恋傣族佛寺奘房里的壁画、剪纸、佛像，他从傣戏和木雕中汲取营养，一双如万花筒般充满好奇与渴望的眼睛，总能发现隐藏在五彩碎屑中的魔法。他拥有多年舞美设计的实践经验，屡获各类工艺大师头衔，对艺术和技艺、传统与传承，有着自己的理解。

同样是耕作劳动、歌舞节日、佛塔奘事、孔雀大象等傣族民间民俗题材，相比民间剪纸艺人的拙朴自然，樊涌的创作更多展现出深厚的人文情怀。他的作品天然蕴藉，且收放自如，总能在静态之中悄然完成动态的表达。有别于传统剪纸的红，在设色上，他大胆使用高饱和的色调，醒目而贴合地辉映着他以炽热心脏感知过的边地生活。

"手艺活"，这个词概括得一语双关，手艺是活的，活的就是有生命的，有生命的一定是有变化的。樊涌说，剪纸这门艺术过于丰富，不能只按一种格式去处理，应该有更加丰富、更加亲切的呈现形式。他让剪纸"活"起来：菩提树上菩提叶、竹楼上空孔雀飞、葫芦丝吹出漫天飞舞的藤蔓枝条、憨实的水牛脚踩祥云……

如果说邵梅罕们的剪纸让人感到坐享田园微风鸟鸣的惬意，樊涌带来的则是那种无须走动半步即可自行开启的遐想与神游，每每让人联想到诗人罗伯特·勃朗宁笔下的吹笛人，全城的孩子跟随笛声走出城门，不知去向。作品不再只是一张纸、一幅画，平静的表象之下，其内核其实是带着生命质感的跃动，忽然之间让人惊叹：原来还可以这样！那飞扬的激情、不拘一格的构想，流露出一种不甘向生活就范的心迹。借由一把小小的剪刀，他创造出一个令人信服的彼岸世界，生动回应着人们对艺术的根本期待。

艺术源于生活，但艺术不能止步于生活，也不可等同于技艺。它是"无声处的一声惊雷"，是"实际之外的崭新发生"。探问生命迷茫中的意义才是它的本分。而生命的意义又似轮回，没有起点，永无终点，无迹可寻，每个人都必须从头寻找——不避迷茫，不拒彷徨，不惜破碎，唯过林莽，涉激流，穿越思维的险径迷途，方能说是。

一个优秀且严格的创作者，最希望也最有资格讲述的，不是已完成的作品和获得的奖项，而是一个连接整个艺术生命、永无止境的漫长旅程。过去已成过去，他必须一次又一次地重新证明自己，甘心情愿反复磨炼基础技艺。他希望自己的作品不仅是技艺和数量上的积累，而是一次次全新的绽放。

对传统真正的敬畏，在于尊重与理解之后的责任担当。为了保持"活势"，樊涌探访民间艺人、民俗学者、民族作家，手绘百余幅图稿，以傣族泼水节的传说为题材，首创傣族剪纸动漫《圣域魔火》，在民族文化与剪纸技艺浑然合一的道路上展开了新的追求。

接下来，剪纸动漫《孔雀公主》诞生，他又尝试将傣族剪纸的丰富技艺延伸到其他少数民族题材。根据景颇族"目瑙纵歌"的传说创作的剪纸动画片《太阳之子》屡屡收获赞誉。饱和的色调、镂空的画面、无拘束的想象，加上适景的、如魔域般的少数民族音乐，那些在平淡生活中被概括出来的抽离现实的美，流利酣畅中带着俏皮生动，征服了观众的眼睛和情感。深深根植于民族文化沃土的民间艺术，持续焕发新生的活力，为古老技艺的传承打开了一扇广阔的天窗。

从祭祀装饰到自由表达，从日常到艺术，由静而动，从无声到有声，从乡村到城市，从传统到现代，幸有一代又一代剪纸艺人不懈的攀登和回望。

在民族文化的辽阔大地上，愿笃信者的脚印绵亘致远——沿着一条永不止息的传承之路。

春天里的舞蹈

每年农历正月十五前后,生活在德宏州的景颇族同胞都会举行不同场次的目瑙纵歌,用歌声和舞步迎接春天的到来。

"目瑙"是景颇语,"纵歌"是载瓦语的直译,意思是"大家一起来跳舞"。目瑙纵歌最早是为景颇族的太阳神"木代"而举行的祭祀活动,活动现场最吸引人的景颇民族图腾标志"目瑙示栋"就是为纪念而设立的。

示栋由四竖二横六块厚实的长方形木牌加底座组成,中间两列竖牌稍高,左右分别绘有太阳、月亮图案,两柱之间刀剑相交,仿佛奋力前刺的理想之矛,高高昭示景颇族人英勇不屈与自然顽强抗争的精神力量。示栋上的蕨叶花象征繁衍,南瓜子象征团结,田地、五谷、日月星辰、飞禽走兽等图案和线条都各有寓意。

老人们常说,有景颇族人居住的地方,就有目瑙示栋。各村各寨都会竖立示栋神牌,并连续举行三天的祭祀仪式。在示栋竖起的那一刻,人们久久地仰望蓝天,欢呼雀跃,甚至热泪盈眶,场面极其壮观。

当春天的脚步临近,人们以示栋为中心,用树枝、蕉叶装饰舞场,准备锣鼓、唢呐、丰盛的食物和一颗虔敬的心,燃起昼夜不熄的篝火,茶水咕咚作响,诉说着古老的传说。

相传在远古时代,目瑙纵歌是太阳王宫里的舞蹈,只有太阳王的儿女才会跳。有一次,太阳王占瓦能桑派遣使者"木代"邀约地上的生灵参加太阳王宫举行的目瑙纵歌。犀鸟和孔雀率领百鸟纷纷赴会,众鸟返回后在地面举行了鸟类的目瑙盛会,并将其传给了人类。至今,景颇族人在举行目瑙纵歌时,领舞的瑙双和瑙巴的头冠上,还装饰有犀鸟坚硬的喙部和长长的孔雀翎,目瑙示栋两端永久矗立着犀鸟和孔雀的形象。

当歌声伴随景颇传统乐器从舞场中央响起时,瑙双、瑙巴带领舞队排成两列，缓缓进入舞场。人们仰望着太阳和月亮驻足的山巅，挥刀踏歌而来！

铓锣敲响，鼓声再起，笛声悠扬，长刀舞动，彩扇翻飞，银泡闪耀，"哦然哦然哦然然……"孔雀和犀鸟在前引路，百鸟攒动，万民跟随。瑙双头顶古老的传说，如同身怀绝技的腹语者，嘴唇没有一丝翕动，手中挥动的长刀却已聚力千钧。犹如飓风下的一片树叶紧随整棵大树的摇动，共同的信仰形成他们千年不变的坐标。目瑙纵歌带给人们的，至今仍是震撼之外的震撼。

1983年4月，目瑙纵歌被确定为德宏州法定的民族节日。随着经济社会的发展和民族文化的交融，今天的目瑙纵歌已成为多民族共欢共庆的盛会。因参与人数众多，赢得了"天堂之舞""万人之舞"的美称。

从舞场上空俯瞰，人们会惊讶地发现，成千上万的舞者组成的舞蹈造型，是对孔雀翎图纹的模仿。雀翎丝丝精密，每一支都紧密相连，毫不紊乱。他们集体迈着重心下移的步伐，像一只硕大无比的孔雀一步步走来。在喧天的木鼓声中，人们始终踩着同一个鼓点，仿若游走于古老如神话的方阵，置身于周而复始的时间旷野。

历史上，景颇族因气候、环境、战争等原因，为了部族的生存曾经历过漫长的迁徙游牧。在这条永无止境的行进道路上，一切都在未成形的记忆中，不思量，不他顾，不迟疑，不停顿，只是舞蹈，舞蹈，前行且跟随。是回顾，是追溯，是铭记，也是皈依。所有在现实与历史之间的探索游弋，都只为找寻那始终给予自身信心和力量的归属。舞蹈得有多热烈，曾经历的悲苦就有多深重。人们像来时一样，穿越胸中的崇山峻岭，一路挥洒苦闷彷徨，挣脱黎明前黑暗的束缚，向着白昼，尽情领略那即使是在时代的暴风雨中也不曾断绝的人世旖旎。

领舞的瑙双是同族公认的具有卓越智慧和超群技巧的长者，一如当年手持长刀开山拓荒的男儿，平实之中寻找着力度，动静之间求取着平衡。无论场景怎样变化，他们始终保持出场时的对称，总有办法随着舞蹈人数的增减和鼓乐的节奏调整行进的线路和速度，完成自己的使命。

不断有人加入绵延的舞队……

舞队排列成阵，迷宫般变幻无穷，如同一条已被公认的真理，召唤着同族同胞不息的奔赴——这是一场场任性而决然的奔赴，或者决然至此，才能拥有一切任性所象征的真正自由。景颇族人用这种亘古不变的热烈，坦然执行他们勇往直前的法则。他们出发，他们到达，同样的惊心动魄。

不同于其他单纯以欢乐为主题的节日，目瑙纵歌集歌、乐、舞、宗教、仪式和视觉表演于一身，舞蹈之外，还蕴含着更为宽广深厚的文化表达。置身于如此壮观的队列中，感受这迄今为止最大规模的集体舞蹈带来的震撼，我会异常尊重那些始终神情凝重、步伐坚定的舞者。好似背负与生俱来的使命，他们所有的庄重虔诚都只用前行的脚步来表达。沉着与肃穆，并非特定场合下刻意保有的矜持，而是对自然、对生命，对过往一切开拓与付出的尊重和敬畏。这肃穆，不只来自脸孔，还包含一个人、一个民族面对困难屡遭阵痛而仍然不畏前行的更加真实的憧憬与期盼。

63岁的赵保忠是目瑙纵歌国家级非物质文化遗产的代表性传承人。刚参加工作那年，他和伙伴们一起从清平乡大场村徒步20多公里到达县城参加目瑙盛会，那次经历给了他极大的震撼。之后，他用心钻研本民族文化，学习领舞技巧，在历年的目瑙纵歌中，担任过数十场瑙双。

赵保忠说，在景颇族创立自己的文字之前，凭借口传、服饰、礼仪以及绘画雕刻中的物象符号存续族群的记忆，让古老的传统延续至今。每年目瑙纵歌时，族中被公认为知识最丰富、学问最渊博的经师（景颇语称"斋瓦"）都会端坐神坛，向众人高声吟诵景颇民间创世史诗《目瑙斋瓦》（2006年，"目瑙斋瓦"作为景颇民间文学，与"目瑙纵歌"一同列入国家级非物质文化遗产代表性名录）。节日期间，领舞的瑙双还会在舞蹈中穿插一些表现农业生产的动作。目瑙纵歌这种天然的综合艺术形式，用音乐、歌声、动作、表情，生动地弥补了历史、传说的沉闷单调，在欢乐和谐的氛围中，发挥了传播知识、传承民族文化的作用。

在今天，目瑙纵歌的许多活动程序由繁化简，一些带有封建色彩的祭祀仪式也已消失不见，但这种满怀虔诚的吟诵和教育一直没有中断——那曾是存在于无数人记忆中的鲜活与感动。无数像赵保忠一样的乡村孩子，在那样的慢吟细诵中，领受到了切实的情感教育，关于情义，关于忠诚，关于理想，关于失去或得到。多年以后，他们中的无数人怀揣这份记忆，手握长刀彩扇，将自己融入这激昂雄壮的队列，投身生活的洪流，自觉地去体会那些在他们之前就恒久存在的生存智慧与情感。

在众多民间习俗日渐淡出人们的生活，成为非物质文化遗产亟须保护传承的当下，目瑙纵歌仍然以它灿烂鲜活的面目与一代又一代的年轻人相遇、相拥，并且，令人们始终保有热情的，不再是任何外在力量的驱使，而是源自内心、真真切切对于生活的最本真质朴的感知。

年复一年，人们从四面八方汇集而来，完成一场场朝向春天的奔赴。借助舞蹈，他们得以重新审视来时的道路，也完成自身对生活、对世界的重新理解，让过往一切努力和思索有了更为饱满和鲜活的意义，如同一片树叶，一次次从土壤出发，承受阳光雨露，也经受风雨雷电，重又聚拢在春天的枝头。

那些在春天里舞蹈的人，他们自己就是春天。

锦如花　花如锦

　　锦，是有花的丝织品。花如锦、锦似花，织锦就是织花。

　　生活在德宏的傣族、景颇族、阿昌族、德昂族女子至今延续上古先民结绳织网的纵横织法，在古老的腰机上，通经断纬，织就斑斓锦缎。老人们说，织锦织着天下事，藏着一个民族的前世今生。从种桑、种棉到缂丝、纺线、织花，这世间所有微小和伟大的一切，无不在一经一纬的编织中，得到具体而温暖的呈现。

　　一尺宽的织锦，一天难成五寸，看似简单的织品，动辄以年计量。一件精心织就的锦缎甚至盛水也不会滴漏，无数女子耗费一生心血，完成一件得以为后人珍藏的传家之宝。

　　在梁河县九保阿昌族乡丙盖村，阿昌族织锦艺人梁润仙的家中，她向我们展示一件家族珍藏的织品，那是她的奶奶一丝一线为自己织就的嫁衣。已过百年，褪去色彩的棉布尽显桑榆晚景，带着自然而然的暮气，温暖又熟悉。手工的织品背面毛糙，露出挤挤攘攘的小线头，让人顿生亲近之感，不由伸手触碰——棉布并不闪烁光华，却让人感到熨帖人心的温度。旧时女子不识文字，织锦就是她们在织布上说出的话，想要教给儿孙的道理。图纹色彩之间，藏着她们一生的修为和品行。织线或纵或横，或疏或密，经由不同的排列，传递着生命微妙的厚度与丰盈，那是一个家族、一个民族和美兴盛的秘密，有如先飞的鸟禽，途中留下气味与痕迹，让跟随者逆风也能找到安身的巢穴。

　　纹样，指提花织物上的花纹图案，承载着祖先的智慧和审美。苍穹之下，纹样无所不在：麦田、土层、犁铧、种子、果实、火焰、星宿、轮印、烧裂的陶碗、劳作者掌间的粗纹、野猫的胡须、还乡人的足印、熟透果实上的菌斑、锅边灶舍或直或曲的炉架、铁树花和蕨菜叶上命运般玄虚的印符，还有那些伪善者脸上的笑、穿过阳光的神龛窗格下谁的心思……我们甚至无从知晓，在贯穿一生的多少个时日里，一个人的生命是如何隐秘地穿梭于纹样之间，烙下明与暗、深与浅、生与死、爱与恨的肌理。

纹样写实，是织锦艺人的非凡技能。要将如此丰富的纹样整理成系，抽象地表达在织布上，需要非凡的记忆力、表现力、观察力和感受力。织物者，等同造物之师，在亘古单一的重复中，将图案连接、连接，再连接，复制出惊人的繁复与美丽，比拟生命中亿万个不为人知的玄机奥妙，如同黄金碎钻排布在矿脉，又如藏宝的图画秘密展开。

在无人知晓的深山村落，织机声声也不能泯灭的寂静深处，织锦如花绽放——勤劳酝酿美丽，静默包容苦难，隐忍累积成就。织锦与女子，这对与生俱来的姐妹，在时光的河流中，浆洗一件闪烁智慧的华袍。

有着怎样贤良品德的女子，才能在构架粗陋的机杼中编织出如此鲜明繁复的美丽？在今天，我们越是感悟民间艺术的文化魅力，就越是深深认同作为民间艺人的乡村妇女在辛劳中的伟大，也就越能体会那些高饱和色调的浓重多么来之不易。天地万物繁复多姿，每一次触及眼帘的美丽，如果不是那样壮阔而热烈地展现在一代代女子精心织就的筒裙、挎包、头帕、腰带、长刀和象脚鼓的背带上，一个群体隆隆翻滚、世代不息的生存情感将何以为寄？乡村的日常将会多么暗淡！

芒市三台山乡德昂族织锦艺人赵玉软的家依山而建，宛若空中楼阁。然而劳作者的眼中哪有风景？面对乡野劳作的艺人，你会折服于她们那神秘的耐性，因为难以想象，除了悬在时间上的钟摆，还有什么能令一种单调的重复永不间断。当我真正走近她们，走近那如同生计般排开的织机，我知道，那单调是一种少有人倾听的声音。听到了，就觉青山都忠诚，草木都有情，爱恨都结实。

景颇族织锦技艺传承人石玛丁的家在陇川县景罕镇罕等村委会霸片上寨。和许许多多织锦艺人一样，她在十三四岁即独自一人开动织机。中年时猝不及防地遭遇丧夫之痛，她一肩挑起生活的重担，每天织布八小时，每隔半月，徒步到13公里外的集市，用织品换回一家老小的生活费……几千个日夜，几万次织线穿梭，泪水滚落织机，一遍遍滤去生活的苦楚，重新织就如锦如花的生活画布：两个孩子长大成人，公婆安享晚年，她手把手教会村里所有的妇女织锦技艺，织机上的图案从30多种变成100多种……

她们是在与我们完全不同的课堂里学习生活课程的人，极度清寒的人生境遇与自身手艺的绚烂恰成黑白的两极。在丝线交缠、纹路穿插的世界，她们把自己翻转成谜，任凭自己在自己的魔方里舞动翻飞。曾经的错失与荒唐、没有得到回报的情感，她们的疾病、困顿、贫乏、已经放弃的希望、悲伤和屈辱——降临到她们身上的一切，桩桩件件每一样都经由双手织进图案。内心有多悲苦，锦缎就有多热烈，人生的底色越是灰暗，她们在织布上宣泄的鲜艳就越是夺目。烟花一样的织锦披在身上，她们永远拥有自己内心的节日。

深秋时节，石玛丁的小院满是玉米，世界一片金黄。阳光和风带走了籽粒的水分，它们变得坚硬而有质感，现出沉甸甸的满足。织刀与梭线碰撞交叠，黄绿白蓝相间，粉与棕渐次插入……仿若置身于天地间一幅更大的织锦中，姑娘们双手为记，拓印下哺育她们的河流、土地、山川，装点她们的花簇、枝条、果实，她们的憧憬、梦想、感恩，对故土的依恋和深情，以及恍若重来的青春年华。

正如自然界最普遍存在的昆虫，在暗夜封存的前半生，经历漫漫成长，终于破茧，从垒有黄土砾石的周遭，奋力向着光亮飞涌，直到羽翼展开轻盈的自由。一个女子，一个织锦女子经纬交织的一生，莫不是一只等待出蛹的昆虫、一件经年织就的锦缎：看过什么，想过什么，放下什么，留住什么，期待什么，有幸得到什么，无奈错失什么……今天的她们，永远不知道自己的明天将创造怎样的奇迹，生出怎样绝美的羽翼，飞入怎样绚烂的花丛。

织锦，这时间深处开出的花，值得穿越时空的传承与珍藏。

乡村老傣戏

戏剧是一个民族文明成熟的标志。少数民族戏剧是中国戏剧的活化石和中华文化的重要基因。在我国少数民族大家庭中，清中叶时期形成于德宏州盈江县的傣剧就是其中之一。2006年，傣剧被列入第一批国家级非物质文化遗产代表性项目名录，众多优秀剧目从乡野走上舞台、剧院，焕发新的光彩。而多少人记忆中的乡村老傣戏，历经时代更迭、岁月磨蚀，仍是那样璀璨热烈又温暖入怀。

相比排练场里精心编演的剧目，乡村老傣戏少了紧凑练达的情节，少了精致的妆容、道具、完满的唱腔，却也因此自然而然地多了朴实生动——没有阴谋、没有意外，没有无法维护的平衡，无法折中的恩义，道别和重逢都不必郑重其事，坚守承诺是与生俱来的默契。藏一点久违的天真，远离现实的无常与危机，青树下、看台中央，乡村老傣戏铺陈简单，剧情单一，唱腔或悲或欢、或离或合、或憨直或伶俐，红白黑脸一看就知，愚贤忠奸当场便认。

老傣戏的剧目，源自傣族民间故事、叙事长诗或佛经故事，理想大过现实，剧情和道理都简单直白。表演以唱为主，唱词使用傣族方言，多上下句，长短不拘，没有念白，剧情的呈现和推进都在声乐之中。脸谱着红、黑、白三色，动作极简。唱腔的间歇，演员跟随乐器的伴奏进一步或退两三步，或根据师傅的提示变换位置。演员均为男性，剧中的女角也由男性反串。青树下吃茶的老汉、田埂上就能遇见的大叔，戏台帘幔背后，长条凳上放下烟斗茶盏，常常脚蹬凉拖手戴腕表即粉墨登场，表演亦古亦今，亦趋亦让，松弛散漫之间，是堂堂正正的恩怨、恭恭敬敬的希望。台上台下，他们是演员也是观众，总能在恰当的时候，以恰当的方式回到观众席，从不会在一个角色中失掉自我。

置身一场乡村老傣戏，总让人感觉光阴的脸就藏在戏台的后面，它有着旧书一样的肤色，夹杂着烟草和湿木头的气味，一切都被时间无声浸泡：木箱子里珠绣脱落的戏衣、箱底具有年代感的化妆镜、描在墙上的脸谱、铺满苔藓的石阶、水泥立柱上洗不尽的斑驳、弥散乡村集市的声声铓锣、台上台下踩起又落下去的灰尘……

尘世间的苦与乐，总保持一种悬殊的比例，幸福像悬在终点处的奖赏，显得那样高渺、那样浩远，而在戏台前，"轿是两杆旗，马是一根鞭，三五个千军万马，一席地走遍天下，方寸台万里山河，顷刻间千秋功业"，人生苦乐是须臾之间就可抵达的距离，过往恩怨愁烦轻易就能随戏落幕。在繁复平淡的日常中，人们需要这样的鲜活生动和明了快意，像大地需要一场突如其来的雨水，浸透田野，覆盖山川，让空气重新变得清冽。

2023年新春走基层时，我们在盈江县新城乡巧遇乡里的老傣戏队正在演出传统剧目《八仙祝寿》。原定于下午2点开始的演出，青树下宽敞的看台前，一个小时前就已有乡亲们聚集守候。《八仙祝寿》主题祥和喜庆，文化站的工作人员告诉我们，每逢大年初九，这个在乡村集市上演的保留剧目就是全年的开场戏，年年必唱，这场戏不开，其他剧目都不能上演。

临近开演，傣戏队的三名乐手齐齐坐到舞台一侧，按节奏敲响铓、锣、钹，四面八方的群众陆续向看台聚拢。庸庸碌碌、平平常常、喜气洋洋，在这里，喧闹是最合时宜的主题。台上台下，戏里戏外，全是烟火气。经历了3年疫情后再度沸腾起来的乡村集市，一个更大的舞台自行打开，众声涌动，不再只是技艺的展现，更像是一种有力的邀请，邀请众生投身这炽热滚烫的生活，去重新经历时间的流转、生命的成长。

随后的采访中我们了解到，从前，老艺人在农闲时每天晚上会在桨房亲手教授傣戏动作和唱腔。现在，许多村寨只在重大时令或节庆演出前才有排演。从前的傣戏队每次演出当天，要在戏班领头人的主持下举行"请戏神"仪式，以求得一年的平安顺遂。演出结束当天，还要请村里的长老选定"送戏神"的日子，屠宰生猪祭拜，用烟火熏烤演出服装、道具，以带走一年的晦气。这些年，演出仪式在逐渐简化，制作传统戏服的老人也相继离世，傣戏队的演出服多是从网上购买的京剧服装。在新剧创作少之又少的情况下，一些演出剧目直接译自京剧。像新城乡这样活跃在乡村的老傣戏队已经为数不多，许多乡村傣戏队演员年龄都在60岁以上，对于老傣语、老唱腔，年轻人听不懂也不愿意学了。传统与现代的碰撞中，乡村老傣戏正在遭遇必然的断层之痛。

8月，我们在陇川县户撒乡朗光村见到一座建于清朝光绪年间的老戏台。到达当天，由于不逢集市节令，奘房大院院门紧闭，门前栏杆上，表格状的"文物安全公示牌"格外醒目。远远望去，木榫结构的老戏台三面敞开，一面与奘房紧紧相连，楼顶铺满石瓦，楼体各由1米高的基柱支撑，脚下是圆石柱础，稳重静穆，穿越百年时空，仍像是一位少有聪慧外露、颇通诗文礼数的贤淑正旦。

也有村民说，戏台的历史已经不止200年。茂华当年，它被称作"姐告奘"，因靠近姐告村，紧挨供奉佛祖的奘寺而得名。72岁的乡傣戏队队长景福寿告诉我们，朗光村傣戏队由当年户撒土司赖金发的夫人作为陪嫁的傣戏班子演变而来，成员来自广很大、姐换、弄混三个村寨，最多时有20多人。现在，能登台表演的只有五六个人，年龄都在70岁以上，没有人创作新的剧本，年年上演旧剧目，更难以吸引年轻人的加入。但无论如何，景老说，在他的有生之年，会一直把老傣戏演下去、传下去。

我举着相机，后退，拉长焦距，再次端详这被岁月侵蚀过的风雨楼台。它们孑然向着天际，经历过什么，见证过什么，又似乎没有经历和见证，如今沉寂，在时空交错的缥缈之中，续写旷古悠远的古老独白。红梁、青瓦、亭角、花窗，无不显现着一闪一烁的人文剧情，掉落的漆彩亦为时光添韵，显现重重叠叠的往事旧梦。也许寂静的唱腔不必人懂，戏里戏外终将羁旅孤单；也许唱尽所有也回不去从前，跋山涉水只剩竹杖芒鞋；也许浪迹天涯觅不到去留无意的那一袭青衣；也许梦境的边缘还有谁的笑容。生命从未终止，只是不断开始，往昔也不曾消失，只是即将重现。

在传统的农耕文明向工业文明演进的过程中，我相信，无数像景福寿一样的乡村守艺人无时无刻不在做着艰难的自我审视与抉择。他们并不是没有感觉到沉重，正因为如此，他们继续向前的追索，不是试图为乡村傣戏的断层找到某种确切的原因，抑或出路，就像一个人越是背负沉重的肩头之物，脚步就越要放轻，他们转而成为默默的守护者，和千千万万守艺人一样，在今天看似迷茫的黯淡里，期盼着新的璀璨，绽放在这样诚实的守护和心甘情愿的等待之中。

离开朗光村时，雨后的村道上见到一条被拦腰斩断仍在扭动的蚯蚓，这个儿时常常经历的场景唤起我满怀的感慨。自然界中诸多生灵，拥有不可思议的生存天赋，再生本领令人迷惑甚至敬佩，那些在砾石间开出的花，荡漾在枯枝乱丛中的风，那些被褫夺、被割裂而始终保有记忆的重生，会积蓄更大的能量，携带复活的"神迹"，像蚯蚓一样，继续潜行于更深的土层。

我相信，除了由木头、金属、砖石泥瓦建造的楼宇，人类社会还另有一个由想象支撑和延伸的家园。那里的建筑由记忆、情感构成，或许还有几分理智的组合。只要还有村庄，人群中还有喧闹，村庄里还有一场一场的风，只要风里还有记忆，只要困苦与欢乐从未止息，理想从未放弃，剧情就不会消失。

"人间"这出戏剧，一个舞台废弃，另一个应势兴建，一种场景落幕，一众角色登台，热情此消彼长，追索永无止境。唯时代的道具不同，演绎别有千秋，终将悲欢离合、爱恨情仇，从不散场。

朗四和他的象脚鼓

芒市镇大湾村广相村民小组一个宽敞的傣族院落里,朗四和他的鼓坐在一起。从一个傣族村寨里自在生长的农民的儿子,成长为国家级非物质文化遗产代表性传承人,象脚鼓伴随67岁的朗四走过了50个春秋。

一只鼓,先不必听,乍一看已觉声气隆隆。那么多的鼓聚集在一起,传递的却是无边静谧——它们有的周身涂满油漆,有的刚脱尽木屑,阳光下等待掏空打磨。刚从池中取出的半截木头,斜靠在脚凳边缘。穿好了鼓衣的,笔直挺立在有展示窗的柜子里……像是一位父亲,朗四熟悉他所有的"儿女",他们各自的技能、专长和脾性。当他坐在院子里感到孤单,他只要轻声呼唤,那些他满怀深情哺育过的孩子便从四方欢叫着跑来,簇拥在他的身边。就像现在这样,更多更远的幸福,他不需要知道,已经过去的艰辛苦痛,也不需要想起。

"象"是傣族民间艺术中的典型形象,象征着吉祥和神圣,承载着温良敦厚的男性美。它是陆地上体型最大的动物,但却以草为食。亚洲象的心率每分钟在20到25次之间,低缓有力的心跳令人动容——这埋藏在道德法则深处,庞大而温和,源自善者内心的力量,正如象脚鼓被敲响的节奏,其中包含着一个民族面对世界的坦然与从容。

一米左右的成品象脚鼓,它曾经是树,长在林中,在十二个月份、二十四节气中积聚天地精华,感受春暖秋寒。当被艺人选中并砍伐时,它的年轮上停留着岁月的唱针,被刀斧劈砍,被暴风闪电摧折,它们继续生长;被水泡、被虫蚀、被霜雪封冻,它们依然生长。经历浸泡、打磨、刨花、雕刻、蒙皮、上漆道道工序后,它依然保有不息的歌唱,见证傣族悠远灿烂的稻作文化,也见证一个民族翻身解放做主人,由贫穷走向富裕的光辉历程。

象脚鼓是傣族标志性的打击乐器。无论是节日庆典、庆祝丰收、娶亲嫁女、新房落成还是迎接宾客,人们都会敲响象脚鼓,跳起象脚鼓舞。"象脚鼓舞"因挎鼓而舞得名。傣族谚语中说："没有鼓就不会跳舞""象脚鼓是人的影子"，鼓动而人动，鼓声既出，人心振奋。哪里响起象脚鼓，哪里就是欢乐的海洋。

在傣族风情浓郁的广相村，每逢节庆，村里的老人唱歌起舞时，年轻的朗四总是在一旁用心观看，很快就能把整套象脚鼓舞的动作模仿下来。朗四的青年时代正值"文化大革命"时期，村子里没有一点生气，人们不再跳舞，也没有人做鼓了。看着父辈们做的鼓堆在角落里被老鼠啃咬、被虫蛀蚀，朗四心里不是滋味。他担心寨子里的老人去世后，跳舞的人还在，鼓却没有了。

"这么好的东西不能像干草垛一样随意丢在田埂上。"

有一次，朗四听人说起邻近村寨有位60多岁的老艺人朗帕嘎会做鼓。第二天，他费尽心思找到老人，凭着自己有点木工活的基础，诚心想跟老人拜师学做象脚鼓。谁料老人见到他后，却极力反对："做了卖不出去不说，还耽误农活。"

家里人也不理解："跟你一般年纪的都到山上帮生产队砍树，砍一天有1元5角钱，上交生产队5角后自己还有1元钱。"

大哥说："你去砍10天就有10元钱，砍一个月就有30元，天天做鼓换不来米，也换不来娃娃的学费钱。"

朗四不说话，低着头，用木工凿子一点一点凿出木渣。半个月过去，他再次找到朗帕嘎老人，执意用家里仅有的一升米和两元钱拜了师，专心一意学做象脚鼓。

1974年，朗四做的象脚鼓卖出了80元的价格，上交生产队15元后，自己还有65元。第一次有了一笔不错的收入，朗四默默地格外兴奋——格外兴奋，以至于又回归沉默，他将用在木工活上的钻研劲默默地投入象脚鼓上。

43岁那年，10月的一个下午，朗四接到一个订鼓的电话，他记得自己对着电话接连确认了好几遍：是的，20面鼓，每面鼓1500元！订单就像村口那棵大树突然刮起的风，吹在脸上让人不知所措，怎么办？20面鼓要赶在来年正月十五之前做出来。做了22年鼓，朗四心里先打起了鼓，他没有忘记师傅朗帕嘎的嘱咐：做象脚鼓是个艰苦的手艺活。先要看节令选好做鼓的树，找对树的品种，再泡透阴干，又掏空、打磨、琢刻、蒙皮、上完漆、穿上鼓衣后，至少六个月才能卖给人家。

接下订单，朗四二话不说又开始做鼓。那些零碎的木屑，每一片都好像被他凿成一面小小的盾牌，让自己拥有了如影随形的铠甲。他觉得浑身上下有了用不完的力气。

不料，闷声低头做出来的鼓，有的一敲就响，有的却怎么敲也发不出半点声响。选料没问题，他严格按照师傅的方法，将前年农历七月及八月间进山选好的上好的椿树，用砍刀削出鼓的形状后，在房后的柴堆里放了半年，等木头水分蒸发、充分干燥后，又放到池塘里泡了一整年。掏空木心开始打磨前，他仔细检查过，木头没有一处开裂或生虫。

问题出在鼓身的尺寸比例上？用砍刀削出鼓的大致形状后，朗四把全部心思花在了琢磨鼓的尺寸上。没上过一天学的他把自己困在木工房，测半径、量面积，画了做、做了画，最终用自己独特的算法，确定了鼓面、鼓腰和鼓脚的比例。四个月后，20面一敲就响、身披彩衣的象脚鼓在院子里一字排开，像待嫁的闺女等着买主开来的拖拉机。

在制作象脚鼓的所有步骤中，备好木料后最关键的一步是掏空鼓身。先掏空鼓脚，再掏空鼓面，最后打通鼓腰。鼓面和鼓脚的掏空十分讲究，要求厚度适中，鼓面、鼓脚的厚薄以及连接鼓面与鼓脚的鼓腰口径的大小，这些都直接影响鼓的声响效果。20面鼓交出去后，朗四思考如何改良制作工艺，加快做鼓的进度，以解决制作周期过长、难以满足市场需求的问题。他认真记下大小不同的鼓腰尺寸，用铁皮做成相应的圆形模具，在制鼓过程中省下了不少时间。

一次外出串亲戚，朗四看到缅甸制鼓艺人用机器掏空鼓芯的方法很管用。回到家后，他立即到机械厂向车床师傅请教，天天跟着师傅泡在车间，硬是做出了一台类似的机器，又大大加快了做鼓的进度。

朗四的鼓越做越好，附近寨子的人纷纷找上门来，他一个人忙不过来，妻子开始帮着他做鼓衣。夫妻俩专程到芒市一户专门做鼓衣的人家学艺，去了好几次人家都不肯教。回家之前，朗四狠下心，花35元买下一件成品，带回家自己琢磨。

眼看妻子能学着做出点样子来了，朗四不再心疼钱，干脆找亲戚借了300元，买来一台蝴蝶牌缝纫机。一年之后，夫妻俩不但还清了买缝纫机的钱，还给两个儿子备足了学费。20世纪90年代开始，朗四家每年能卖出10多面象脚鼓，每个约160元。到了2012年，一面鼓能卖到2560元，除满足当地少数民族同胞需求外，还远销到昆明、深圳、台湾，以及英国、泰国等地。

"从前边讨生活边做鼓，做一面鼓要用两个多月的时间。现在可以专心做了，13天左右就能做好一面。"

朗四说，从前生活不易，每天一睁眼就是5个儿女的吃饭钱，脑子里容不下一个多余的念头。他和妻子每星期有3天上山砍柴，3天在集市卖柴。一担七八十斤重的柴火。能卖5元钱，夫妻俩一天最多能砍8担柴，天不亮就出门，中午才能回到家。

这些年，村子的变化不小。从前家门前的烂泥路早已变成了水泥路。和其他村民一样，朗四一家在政府的补助下盖起了宽敞明亮的新式小楼，再也不用上山担水挑柴，家里早就通了自来水，用上了燃气灶。五个儿女长大成人，小儿子朗三继承了他的手艺，成为州级非遗传承人。

2008年秋天，朗四家堆满象脚鼓的小院挂上了象脚鼓舞传习所的牌匾。农闲时候，他召集村里村外的青壮年，向他们无偿传授象脚鼓舞和制作技艺，还义务帮助村民修补损坏和用旧的鼓面。2018年，在当地相关部门的支持下，朗四把他多年钻研出的掏空鼓身的技术资料整理成册，成功申请了两项国家专利：一种是具有调整、定位功能的移动式象脚鼓加工车床，另一种是能快速调整定位的象脚鼓木工车床。这在解决象脚鼓制作周期长、成本高的问题上迈出了一大步。

秋天，所有结满籽粒和果实的植物都把丰足的头垂向大地，慷慨地等待来自任何一方的采撷与收割，显现成熟者对于大地母亲必致的谦逊之态。

经历一个又一个秋天，朗四和他的鼓始终坐在一起。

水花礼赞

小城芒市，先于春天到来的，是一场又一场的风，少有酣畅淋漓的雨。在亚热带湿热季风的燥热中，心灵彻底从烦闷中苏醒，还需要一盆迎头泼下的水。

4月，人们期待一场水的洗礼。

每年春末夏初，生活在德宏的傣族和德昂族都要庆祝一年一度的"泼水节"。节日里，村村寨寨，大街小巷，无论是乡亲、邻居，还是游客，陌生的或者熟悉的，人们都会停下手中的劳作，将盛满清水的器物举过头顶，连同祝福相互泼洒。

在一些年份，即使逢上雨天也丝毫夺不去人们的热情。水花浸润人心的每一处褶皱，所有歌唱的与啜泣的、热烈的与冷寂的，那重逢的、告别的、伤痛的、欢愉的，都在水花的世界里得到抚慰。通过节日与欢乐的交叠，这片土地上的人们，将他们的信仰和执着，向世人复述千百万次！

泼水节最早起源于求雨仪式。佛教传入后，在傣族最大的聚居地德宏，当地人把佛教的浴佛节和佛诞节与泼水节合而为一。如今，泼水节的宗教仪式感已大大减弱，节日更多传递的是祝福与祈愿，并逐步成为各民族共同欢庆的盛典。

生活在芒市三台山德昂族乡的6000多德昂族同胞，至今固执而忠诚地为泼水节保留着一个独抒性灵的名称：浇花节。特别喜欢这"浇花"二字，抒情中带着平实，宁静中有着生动，以取水浇灌之意，寄寓天地万物如花盛开。这种民间的、土著的、亲情的、与生俱来的诗心禅意，让人知道自己在无尽的悠长岁月里，可以暂时离开，不慌不忙地折取一枝好花，静享芬芳。

节日开始前一天，一大早，村村寨寨的男女老少就成群结队去到附近的山上，采摘花枝装饰龙亭，为即将举行的浴佛仪式做准备。爬树砍取枝丫的任务由男子完成，女性则将枝叶整理成束，整理完毕后再把花枝分到每户人家。一部分带回家插在门上，另一部分就顺手插在采花的车头，以祈求吉祥平安。

人们将用于装扮龙亭或赏建树的鲜花统称为"赏建花"，因地域不同，所采集的花木也不尽相同。其中一种常见的赏建花，学名为枹丝锥，属壳斗科植物，绿豆大小的黄色花蕾成串开放，密集饱满，看起来更像丰收的果实或熟透的稻作。每一朵花都是与春天结盟、与幸福缔约的标志，平静而诚实，开放给熙熙攘攘、来来往往的众生。

难忘2003年4月在芒市风平镇那目村度过的一次传统泼水节。

那目村是德宏州傣族聚居人数最多的村寨，至今完整保留着泼水节的传统习俗。节日正式开始之前，村里的傣族"咩八"（大妈）会聚在一户或几户人家里，制作泼水节的传统食品——泼水粑粑。首先洗米、洗芭蕉叶，擦拭干净后，包上糯米粉、红糖和一种炒香的酥子馅料，再用新采的芭蕉叶包成巴掌大小的长方形状，上火蒸制而成。"咩八"们说，做粑粑的米是各人从自己家里带来的，数量随意，做粑粑的人也是自愿的。节前，寨子里还组织了一次捐款活动，为修缮寨门和制作金属龙亭筹款，捐与不捐，捐多捐少都是自愿的。

清晨，整个村庄像一个装满阳光的花篮，被谁挂到了半空，在乡道上洒下如碎银一样的斑驳。采花的队伍一路向前，后生敲响水鼓，姑娘花枝在肩，老者开口哼唱，还有人随手摘下树叶放到唇间，吹出奇妙的声响……远处山丘连绵，拂过面庞的是温润的山风和古老的歌声。拥有大地般忠厚美德的人，才能那样地歌唱吧。

采花归来，人们将大大小小的花束插满龙亭。龙亭由竹木或金属搭建，龙亭中央是一段树干雕刻而成的木龙，长约一丈五尺，首尾俱全，龙首微颔，圆目炯炯，龙鳞是耀目的赤金色。龙身被雕成一条中空的水槽，人们用水桶打来井水，提到院子中的木龙身前，登上木梯，倒进龙背上的水槽。水沿水槽流向一个有着许多出水小孔的水车，水压带动水车，水花四处喷洒。水车下的地面上，一块红毯的四角分别安放着四尊白玉小佛像，每尊佛像后面又有一个插着鲜花的花瓶，水车上落下的水，正好淋在佛像和佛像背后的鲜花上。龙，这原本想象中的图腾之物，在这里实现了真正意义上的下凡，守护一方祥和。

节日当天，奘房内外聚满了人，小姑娘和大妈们打扮得光彩照人，男子也穿戴一新。随着寨子邀请的嘉宾陆续到场，散发着蕉叶清香的泼水粑粑一箩箩摆上前来，村文艺会演在一片喜庆中拉开帷幕水花开始四处喷溅，不知是谁，打开一个水龙头，直接喷向场地中央，人们"轰"的一声散开。不一会儿，奘房院里院外、附近的大街上，就都是泼水相庆的人群了。

如同记忆渗透灵魂，水花如禅意一般浸透身体和心灵，心底的宁静、自足被全部唤起，像清水浸泡下的茶叶，叶片渐次舒展，重又回到早春的枝头。

傍晚时分，青年人聚在奘房前的空地上对起歌来。没有音乐，没有伴奏，没有现成的歌词，一切随心而来，随兴所至。奘房外人声鼎沸，鼓声阵阵，佛前静谧无声。

我记得那一轮歌声中升起的月亮，它像往常一样照彻所有人的梦境，也分明透着那目村独有的清辉。喧闹过后无边的宁静里，那会是这一生都萦绕脑际的月色……

节日第二天，人们像溪流一样汇聚到鲜花环绕的龙亭，整个村庄再次成为欢乐的海洋。

是谁，拨动天地间的琴弦，为生命点燃这纯净无瑕的白色礼花？水花，如同佛祖播撒的种子，携带命定的旨意，一颗颗摇落人间，落在塔寺的台阶、在佛像的金身、积尘的屋顶，在迟归人的肩背、苦恼人的乱发、悲伤者的眼帘，覆盖恶念踩下的足印，拂去卡在拐角的悔恨，带走倦意和困顿，驱散那些禁锢灵性、吞噬仁爱、抹杀温情的事物。

水花飞舞，洗前尘往事，洗日月下的旷古斯年，洗净一切时间的泥垢和锈迹。

洗礼过后，大地清凉，像合十的双手，慢慢摊开洁净虔诚的掌心。

所有的水滴，都将去向更广阔的江海。我知道，无论需要面对怎样一个伏笔深藏的来年，人们终将安然前往，以最低微的匍匐，向着最宽厚、最仁慈、最深层的土壤——大地母亲的怀抱。

孔雀起舞

造物主如此钟情孔雀。

雄性的孔雀，身形婀娜，一袭工笔勾画的华袍，紧身、束腰、及地，女王般雍容优雅，超然于俗世烟尘。

相比华彩四射的羽翼，孔雀光秃的头部好似专为加冕而刻意剃度。它沉思，它修行。并不像舞蹈中表现的那样欢快，大多数时候，它们缄默，油彩勾勒的眼睛沉着、倨傲，透着僧侣般的悲悯与淡漠。

孔雀不擅飞行，似也不屑于翱翔比大地更为辽阔的天空。它行走觅食，一步一点头，收藏一把闪耀塔夫绸光泽的刺绣折扇，悠然步出神舍天宫。不需要百鸟的朝觐，从不在意谁的背叛。人们在溪边水影中见到它，在森林、灌丛、疏林草地、青树的枝丫，在奘房、竹楼边，谷仓旁……

它是傣族民间传说中的"圣鸟"，集图腾的神圣、凤凰的威仪、佛国的和美吉祥于一身，最完美地实现了表象与内在的统一。经由思想的沃土，孔雀的形象不断盘根错节，深植于人们的信仰。当人们用它的名字为赖以生存的水源地和日日川息往来的街道命名时，那并非在单纯使用某种比喻或象征，它的意义已经不必说清。在一条凝聚民族精神的迢迢来路上，没有人能够估量，有多少被孔雀浸润过的性灵，曾自觉远离多少恶念行径，对生活取了崭新的态度，有了酣畅的理想和不息的期盼，又为这个世界增添过多少义薄云天的德行和善举。

自人类诞生之日起，舞蹈便是人与天地自然对话的语言。

温暖湿润的雨林空地，一天的辛劳过后，人们伴随着镲打出的节奏，模仿孔雀，翩然起舞：山林作幕、田埂为台，高天和流云，树影和月色，丰收和欢笑，朝朝暮暮，年年月月，忧愁与爱恋、祈盼与回首、惊喜与回忆……所有来自坦诚的表达，所有生命觉醒的瞬间，变成舞步，贴着山走，顺着水流，环绕竹林，路过秧田，来到街边、广场、院前、树下……

在自然界中，只有雄性孔雀才拥有美丽的尾羽，带给人们美好视觉感受和生命祝福的孔雀开屏，是雄性孔雀向雌性表达爱的自然方式。传统的孔雀舞由男子头戴金盔、假面，腰套支架，外罩羽衣，模拟孔雀神态及孔雀饮水、展翅、抖翅、登枝、开屏、飞翔的动作来完成。而傣族人更多地将雄性孔雀之美嫁接在了女性身上，几乎每一个版本的傣族孔雀舞中都保留着孔雀吃水的动作，服饰、动态、表情，始终萦绕着女性化的水的温润，呈现出雌雄叠合、玄妙无比的美——美，成为跨越一切障碍的桥梁。在它里面，没有了仪式、没有了性别的限制，犹如自然在它的神面前谦恭地退隐，人心匍匐在性灵升起的时刻，一切躁动喧闹都在其中止息，隐入孔雀最初漫步的山林，朝向一片山明水净无私无垠之地。

傣乡大地，人与孔雀世世代代共生共舞。在许多民族传统艺术失去生存土壤，成为非物质文化遗产，走进博物馆被封存的当下，孔雀舞通过一代代、一批批扎根乡野的艺术家的努力，走出傣寨，走出中国，走向世界，使孔雀这一昔日图腾升华为真正的人间吉祥。

在享誉中外的孔雀舞之乡瑞丽，徒手孔雀舞的开创者毛相的名字家喻户晓。这位在农民中成长起来的第一代傣族专业舞蹈工作者，第一个将孔雀形象从民间广场搬上艺术舞台。

曾看过一幅毛相大师生前在树下起舞的照片，年轻的舞者活力四射，灵动的四肢仿若与粗壮树根的枝杈相连，托举着一张热情洋溢的脸庞，像一只快活着飞跑下山的孔雀，随时可能展开更加热情洋溢的彩屏。一个永远小心着不触碰边界、不跨越藩篱的人，永远无法打动世界。当一个人满怀善意和新奇去向往，人们会在他的脸上看到这种坦诚和勇气。

在毛相生长的瑞丽姐相乡贺赛村，老人们说，在那个物质与精神都匮乏的年代，毛相的孔雀舞伴随了一代人走过幸福的一生。然而，众所周知，这位故去的大师生前屡遭磨难，他隐忍内心的悲伤，只将美好留在人前。毛相给予世界的感动，是在生命历程中面对无尽苦难的觉悟、关怀与追索，彰显出至真至善的孔雀舞精髓。

毛相自幼以孔雀为师，后拜师学习架子孔雀舞。在表演过程中，他结合自己的观察和体悟，创造性地去掉了架子、塔形金盔和假面，代之以有孔雀纹饰的服装，通过精湛的肢体语言和传神的眼部动作表现孔雀的灵动。"摆脱孔雀架子的限制和约束，意味着脱离了对于自然界孔雀的高度模仿，以象征手法取代了写实性再现。"（张彬《象意美学视阈下的傣族"人首兽身"孔雀艺术》）身披孔雀羽衣的舞者，逐渐从"人首雀身"的原始模仿中走出来，不再只是自然界中美丽的大鸟。

自此，一种民间舞蹈的进程以一种前所未有的编排被理解、被推进；寓意，或意义，以一次前所未有的情感被探寻、被赋予；一种能与孔雀真正媲美的性灵之美得以展现——这是舞蹈史上的一小步，却是民族精神升华的一大步。孔雀舞，成为傣族人对真善美的至境表达，闪耀着人性的光辉。

75岁的国家级孔雀舞代表性传承人约相，年轻时曾得到毛相大师的悉心指导，18岁便成为远近闻名的"孔雀王子"。约相自小通过观看寨子里的老艺人表演习得舞艺，他吸收现代舞中的孔雀步、傣族集体舞动作，自创"孔雀拳"，为孔雀舞的传承发展注入了新的活力。

2023年4月，我们在风光如画的瑞丽边境村寨喊沙见到约相时，他和几位民间艺人刚从北京参加完中国"传统舞蹈类非遗学术讲座与展示"系列活动回到家乡，收获了满满的民族自豪感。说话间，老人即兴穿插的舞步仍然刚柔相济，活泼有致，一步一颦都在辉映这个充满活力的时代。约相晚年专心传授技艺，将孔雀舞带进更广阔的乡村和城市，带进更多的学校，带给更多的人。

方桂英是芒市风平镇那目村一名普通的农民，多年致力于傣族民间舞蹈的创作与传承，被人们亲切地称作"孔雀比朗"（傣语：大妈）。2012年7月1日，72岁的方桂英光荣地加入中国共产党，成为当时德宏州傣族村寨年龄最大的一名党员。她把村子里会跳舞的群众组织起来，成立舞蹈队，创作出一批反映傣族新生活的舞蹈，义务到全州各地演出，宣传党的十八大精神。

2024年年初再见到她，方老的腰板已不能完全挺立，一次平常的抖肩意味着一次艰难的挑战。面对镜头，她执意走进里屋，拿出党徽佩戴在胸前，一字一句说出掷地有声的话语："我是艺人，我会舞蹈，党培养我、国家培养我，我坚决要为国家贡献。我当一个党员，我更要教下去，到老我都要教！"

学生一茬又一茬，培训班一期接一期，经历无数次弯曲与站立的平衡，方桂英眼里至今闪烁旁人模仿不来的孔雀的灵气，进行着真与善、善与美的接力。

　　孔雀起舞，世代安宁。

　　愿盛世更盛，华美更美，人间处处有净土，生生有不息。

丝竹声声

"中国葫芦丝之乡"梁河,勐养江畔,帮盖村。

当天色渐明,阳光穿过江面的薄雾,宛如慈母手中纳衣的针脚,一针一线地为大地披上一层曼妙的金纱,整个村庄诗意地醒来。一曲悠扬的葫芦丝从一处不大不小的傣家院落中袅袅飘出。

时任帮盖村党支部书记的哏从国,是享誉中外的葫芦丝制作演奏大师哏德全的侄儿,他有一个让人过目不忘的傣族名字——"岩石"。每天清晨,岩石会站在自家小院的葫芦藤架下,吹奏一个小时的葫芦丝。

置身于一幅山光水色的画卷,人会不由自主地重新审视手艺人的生活方式,那些与天然素材相伴,像庄稼一样植根于乡土、安静生长却从不脱离根系的手艺人的生活方式。他们来自田间,是真正的农夫,比我们更早触摸大地的肌肤,感知大地的脉搏。他们的心灵,充满简单朴素的愿望,从地里采摘第一颗果实,也将最后一颗回馈给大地。劳作,并不单单盼望田里可见的收成,他们是健康而有活力的创作者。地里长出的葫芦,他们把它做成菜、做成碗、做成瓢,掏空风干后又安上竹管、簧片,做成乐器——泥土的气息就此弥散开来,世世代代漾动人心。

葫芦丝又称"葫芦箫",上为葫芦下为笛,属簧管类吹奏乐器,距今已有2000多年的历史。2006年,葫芦丝制作技艺列入首批云南省非物质文化遗产保护名录。葫芦丝由吹嘴、葫芦、主管、簧片、附管组成,身形小巧、曲调悠扬,有着自己鲜明的音乐性格。丝竹声起,世间喧哗立刻在其中止息,就像任何时候抬眼望见停在枝头的小鸟,人心会骤然平静。

没有一种乐器像葫芦丝如此接近乡愁的表达——迷航的风雨之夜,漂泊的游子殷殷朝向故乡,那过往一切带着无数的声光面影一再显现,丝丝缕缕间,蓦然就靠着了故乡的埠岸……老人们说,葫芦丝虽然是人口里吹出来的,这声音走得比人轻、到得比人远。它先是顺着江水流到一个寨子，越过田野、绕过山梁，淌过一个个集市、一条条村道、一家家低矮的门墙，再到另一个村、另一个镇、另一片土地。它来来去去不打扰低头忙碌的人们，也不会一直往前走，走到天边停不下来。它知道要在哪里完全停住，再顺着江堤往回走，就像黑夜让人停下，星星和月光把人往回领，让人早晨醒来知道自己还安心待在老地方。

一曲脍炙人口的葫芦丝乐曲，大多以清新平缓的调子开头，犹如孩童最初的清澈明亮。曲调慢慢婉转开来，又如青年人轻快欢欣的脚步。紧接着，曲调飞奔、跳跃，经历中年的起承转合，时而静水深流，时而在转折处骤然激起浪花……见识过一切高远深浅、明暗亲疏，曲终奏雅，牧牛老者，双手背后，嘴含烟管，踏斜阳而归。一个人只要跟随一曲葫芦丝走一遍，世间的一切就都明白了。

岩石自小跟随叔叔学艺，从一名普通的农民，成为省级葫芦丝制作技艺传承人，再到群众致富的带头人。30年间，他的葫芦丝制作与演奏水平日益精湛，在傣族民间古调的演奏上，形成了自己的风格。36岁那年，岩石到北京参加演出，一曲《竹林深处》，深情款款，引起不小的轰动，被人围着一遍遍唤作"大师"，他觉得有些担当不起。

像一棵树，他等待枝繁叶茂的一天。

岩石说，小的时候，他觉得葫芦丝是村庄的翅膀。那时候，村庄好像还年轻，树不高，牲口不老，房子也不多，家家户户敞开院门，院里飘出的葫芦丝声总能带着人的梦想，飞过山岗、平原、树林、河流，飘到村庄之外更远的地方。慢慢长大，他知道了它是村庄的根，人心飘到再远的天涯，只要葫芦丝在耳边响起，人就会想要回到当初葫芦成片的故园，回归自足自在的本心。

2008年，叔叔哏德全病故，岩石接过传承的接力棒，回到家乡创办葫芦丝专业合作社。成为云南省葫芦丝制作技艺代表性传承人后，他不仅继承叔叔的遗志，潜心传授技艺，让葫芦丝艺术走出山乡，传遍世界，更带领乡亲发展葫芦丝产业，努力改变山乡面貌。2015年，岩石的合作社升级为文化产业开发有限公司，以"公司+合作社+农户"的形式开始了葫芦丝产业扩大发展之路。

令岩石感到欣慰的是，越来越多的年轻人学成还乡，加入弘扬葫芦丝文化的队伍。2018年8月，青年葫芦丝演奏技艺传承人倪开宏推出作品集《葫芦丝响起的地方》，其中包括原创作品《花筒裙》《目瑙纵歌·热》，以及演奏作品《庆新房》《德昂山之歌》《幸福的傈僳》。这些作品将德宏五种世居少数民族的音乐元素交汇融洽，充满了青年人对万物众生的爱惜与憧憬，对山乡发展变化的不吝赞美，处处透着不管不顾的明媚春日的气息。他好像是走在春风里，顺手将采来的第一个音符凑合在一处就用上了，而那音符又总是那样贴合恰当，稍一撮合，它们就都到了该去的位置，在那里成音成符、成曲成调，宁静又跳跃，仿佛一条清亮的小溪，一路满载欢欣，绕过山丘，环抱乡村，穿过繁忙的市镇，在一个河段稍作停留，又气势磅礴穿越乡野，最终无息无声流入人心。

  每个人的生命，都不可避免地遭遇种种失去：亲人离世、爱人转身、美与善的流失、理想的背离，倪开宏说，音乐的作用不仅是疗愈、安慰，更是一种挽留和创造——他热爱生活，但真实的生活于他而言远远不够。他想要再创造，一份由真实脱胎而来，从被现实包裹的日常当中挽留出的一些更为珍贵的人和事、一个更加欣欣向荣的时刻、一种更加令人向往的生活。而勐养江畔新一代傣族人的生活，将奠基在这种创造和期许之中。这曾是许许多多老一辈葫芦丝艺术家们所做的事，也是像他一样千千万万后来者志在探寻的胜景和职责。

永远的铁匠

闻名遐迩的户撒阿昌刀，因出自全国最大的阿昌族聚居地——云南省德宏州陇川县户撒乡而得名。相传，阿昌族冶炼之术古已有之，此后与中原锻造技艺相融，经勤劳智慧的阿昌族人不断改良创新，遂有了今天的绝世阿昌刀工艺。

在户撒，无论站在哪一个路口，穿过哪一条街巷，一眼就能望见稻田。一年四季的风不用拐弯就能吹遍整个村庄。顺着一条巷子往前走，经过铁匠铺、小吃店、杂货店，就又到了铁匠铺。

刀铺人家连接店面的后院，铁炉子里的火焰通红。打刀人一只手拿着一把铁钳紧紧钳住过了火的刀身，另一只手拎着铁锤用力捶打。每打几次，就会将刀面在水中过一下，继续敲打……稻香、晴空、烈火、打刀人的肩背……融汇线条色彩与力量的打铁声回荡在户撒田园600多年，铸造出一个个传奇铁匠的刀匠人生，延续着阿昌刀的千古传承。

从前，铁匠比种田的农民更早地闻到麦子成熟的味道，麦芒初黄时，他们已经打好一大摞的农具等着赶集的人来购买。他们根据季节做铁活，如镰刀、铲子、锄头和春耕前的犁铧，不能太早也不能太晚——早了用不上，晚了又卖不掉，只能堆在屋角放一年，或者来年重新扔进炉火，修刃、淬火、再磨平。在今天，户撒的铁匠安心守住一方店铺，不紧不慢，心平气和地将每一把刀做到最锋利精妙、最实在的程度。小孩满月送的辟邪刀、祝福用的小铜刀、传情达意的长背刀、日常家用的砍刀、菜刀，都按各自传统的做法和制式用心打造。他们知道，摆上货架的每一件刀具，哪一头都连着人们的生息日常，每一家每一户，总有一个时期会用上，每一年每一月每一天的某个时刻，总会有不同的人以不同的方式找上门来。有一天，它们会像吹遍巷子的风一样，经过田野，去向千家万户，通往比田野更广阔辽远的所在。无论四季如何变化，铁匠们弯成镰刀一样的手臂下面，总有满满的丰盛可以收割。

铁匠铺里每天都有各式各样的人聚集，修刀具的、下订单的、学手艺的，一坐就是半天。天冷的时候，铁匠铺也是人们烤火闲聊的好地方。人声再吵嚷，打刀的人也不扭头往别处看，他们让该来的来，该去的去，从不在一个铁疙瘩前迟疑，不在一块废铁上停顿。他们盯紧着自己的手，看铁锤一遍一遍落在铁枕上，一锤接着一锤，一声追着一声，一心一意地将一块铁打扁、修平、烧红、变冷，再烧红、变冷，再打扁，一点一点磨掉渣滓，磨掉人生的沟沟壑壑。人间世事从铁锤底下流过，从刀刃表层滑过，不起一根棘刺，匠心既成，戛然而止。当他们将铁锻成刀，在一些弯弯拐拐的地方，烦恼就成了顺利，许多想不明白的事就不去想了，有些总也得不到的东西也就不想要了。

铁匠的手艺分两种：一种是形，打什么像什么，打什么出什么，打出来的器物精巧好看，这个不难；难的是刃器活儿，即淬火。火候一定要掌握得分秒不差，稍不留神就会前功尽弃。

62岁的项老赛出身于户撒锻刀世家，8岁开始拉风箱，到了14岁抡得动大锤的年纪，就跟着父亲学打刀了。除了习得家传绝学外，他还遍访名师，练就了炉火纯青的淬火技艺，在刀匠云集的户撒，为自己赢得了"刀王"的美誉。什么样的铁，什么样的钢，用什么温度的水去淬，清水还是浑水，淡水还是盐水，他凭手感就能知道。打出来的刀，对着一排矿泉水瓶削过去，瞬间瓶断水流；从低往高抛上去的一沓毛巾，他挥刀舞动几下，毛巾纷纷如纸片飘落，百炼钢顿时化作绕指柔——刀出鞘，象征勇气、刚强和力量；刀入鞘，又彰显武学至境的心气神量。

项老赛悉心钻研刀身雕花工艺，在磨平的刀面上刻上花草、龙凤，写上"户撒"字样，在刀柄和刀鞘的用料、样式上也更加考究。因为这些不同于旁人的奇思妙想，在20世纪80年代，一把普通的背刀，售价足足翻了一倍多，这也使得户撒刀逐步向着工艺刀方向转变，促进销售市场从山乡小城拓展到了工艺品领域。国内外收藏家慕名而来，项老赛最贵的一把刀卖到了28万元人民币。

2006年5月，阿昌刀锻制技艺被列入第一批国家级非物质文化遗产名录，次年6月，项老赛成为户撒刀锻制技艺首位国家级代表性传承人。36年的打刀生涯，让他拥有了一双比常人粗大的手，听力却只相当于一位耄耋老者。说起老手艺的传承，项老赛言语中满是自豪。作为一名老党员，户撒乡11个行政村100多个自然村，不论是打刀的、卖刀的、做刀鞘的、在刀上刻字的，村村寨寨都有他教授过的徒弟。

这些年，随着机械化的推进，手艺人大都短了活路，而户撒刀匠的活路却一样不少，他们自始至终坚持传统的手工打制，不断改进的是刀的外观和质地。项老赛的家位于腊撒村新寨村民小组，那里共有30户人家，其中20多户以打刀业为。整个户撒乡的从业人员达到了3000多人，年均产值超过4000万元。靠着打刀卖刀，项老赛为他的4个儿子娶了媳妇，盖了新房，4个儿子无一外出打工，全部子承父业。

有着90高龄、52年党龄的云南省非物质文化遗产代表性传承人李德永出生在户撒乡连地寨的一个铁匠世家。17岁那年，他的父亲告诉他，阿昌刀蕴含无穷奥妙。从选料、制坯、打样，到淬火、抛光、雕刻、配鞘、开刃，锻制一把户撒刀需要经过两万余锤、二三十道工序，远远不止千锤百炼。手艺精湛的老铁匠所打的刀甚至可以任意弯曲，不使用时，像腰带一样围在腰间，需要用时解下，刀身自然伸直，锋利如初。

父亲还告诉他，从前，阿昌族人身怀绝技，能够将不同的钢材完美融合，打制出一种刀面上完全找不到拼接痕迹的"七彩刀"，不仅锋利无比，还能在阳光下变幻出"赤橙黄绿青蓝紫"七种颜色。只可惜，现在已经没有人能打出这样神奇的宝刀了。

"七彩刀"引发了李德永的七彩梦，他日夜苦练技艺。2008年，一把耗费500多个工时的"七彩宝刀"重新呈现在世人面前。这把刀不仅色彩幻化出奇，还凭借6.6米的刀身和2200千克的重量，于2011年4月12日成功申报"最重钢制长刀"吉尼斯世界纪录，永远地载入了史册。

53岁的李成强是李家刀铺的第六代传人，他不愿像父亲一样蹲在矮房子里，一天天重复单调的动作，看着铁锤起起落落，一锤一锤将一个人一生的年月打进一堆黑铁里，而一家人的日子还是不宽裕。也许是年岁渐长，也许是因为别的什么，到了父亲打出七彩宝刀的年纪，李成强在那一锤一锤的反复中似乎慢慢领悟到了打铁的意义，但也不能完全说得清楚，只觉得打铁的人打的是自己的铁饭碗，祖祖辈辈都是这么过来的，多少王朝覆灭更迭，打铁的人不照样活得好好的？

他更愿意别人称自己为"铁匠",而不是什么"李老板"之类的称谓,因为不知从什么时候起,打铁不再是累人的苦活计。那些听惯了的当当声,总伴随着中年特有的人生况味出现在翻来覆去的梦里面,怎么赶也赶不走。有时夜里睡不着,凌晨两三点也要披上衣服去工房打几锤,仿佛只有铁锤一上一下真真切切地抬起落下,才能重新串起那些被弄断了的白天和黑夜。白昼总有喧闹,黑夜却一贯地静,尤其是那因熟悉而生的安稳,更是无边辽阔,绵延着,教人理清许多思绪,想清许多道理。

在今天,许多铁匠铺用通电的汽锤取代了漫长而耗时的人工锤打,匠人只需要掌握火候和器形就行,省下不少耐心和力气。李成强说,他还是喜欢憋足了气抡起大锤往下砸的活计,大锤落在钢板上,钢材烧到了什么程度,还需要几道火功,该用多大力气,这些,手感都会明明白白告诉他。他将一块弹簧钢板截了一段,放入大火中烧透,锤打,再烧透,再锤打,如此反复十几次,打出一块黑亮的精钢。看着一块生铁被磨成长条,又打至扁平,眉头一点点舒展,心境也像刀身一样一点点变得平和敞亮。

有时他望向稻田上的收割机,尽管那机器周围是一片金灿灿、黄澄澄的稻谷,他也只是冷冷地瞅着,不说话。机械化带来了效率和收益,可稻米终究是从地里长出来的,机器里长不出一粒麦穗,机器也做不出具有阳刚血性的阿昌刀。早些时候他就认定,再先进高明的机器,它不还是机器吗?到头来还是不能取代人。阿昌刀延续着阿昌族人的血脉,怎么能用机械的方式对待一把阿昌刀呢?

李成强说,自己的两个儿子如果愿意学打刀,他会愿意教;如果不愿意学也不会逼着他们去学,终有一天,他们会自己想明白。今天的所有事情都会成为历史,过去的事情又常常出现在未来,打铁这一行当在历史长河中存在了那么多的年月,一定有它的深奥之处。那些深奥与古旧,一定牢牢地牵动着人心里比铁线还细的一根弦。那些刻在刀面上一代又一代传递着先祖气息的印记,经过十年、二十年、五十年、一百年、五百年……总有一些会穿越百年的锤打,重新回到现世,就像自己从父亲那里接过这铁锤,又留下这印记……

银声当当出户撒

稻谷自然成熟的季节,微风轻送麦香。

在陇川县户撒阿昌族乡明社村李芒呆村民小组的一处集销售店面和加工区为一体的小院中,传出叮叮当当的打银声。

42岁的户撒银器锻制技艺传承人李焕芝粗布黑衫做底,领角两朵银花作扣,腰间银制的流苏如细雨一般坠下——躬身前倾,一上一下敲打着脚前旧木桩上渐成壶形的银片,周身透着手艺人特有的专注与沉静。

"银片要一面敲打一面过火,经过一遍又打一遍。一件手工打造的银器需要经过十几道工序,其中每一道工序又需若干小工序才能完成。壶嘴凸起部分,尤其需要慢工细磨。一整套银制的茶器需要半年左右的时间才能摆上货柜。"

户撒乡是德宏州三个阿昌族乡之一,这里除了阿昌族外,还生活着几百户明清时期迁入的汉族人家。在文化习俗相通相融的过程中,汉族女子也像阿昌族女子一样以布包缠头,因形状稍大,被形象地称作"大包头汉族"。李焕芝的祖辈就是这神奇的"大包头汉族"中的一员。数百年来,两族的冶铁技术和首饰加工技术逐渐融合。匠人们将银条熔炼,压制成银片、银丝,又经过锻打、拔丝、錾刻、焊接、清洗等工序,制成手镯、项圈、耳饰、腰链以及装饰衣物的银片、银泡,生活用的银壶、银梳、银碗等上百个品类的器物,铸就了独具特色的户撒银器锻制技艺。2022年12月,户撒银器锻制技艺被列入云南省第五批非物质文化遗产代表性项目名录。

白银象征驱除邪恶的力量,银饰藏垢蒙尘后只需放到木炭上烧去氧化层,再入明矾水中煮沸,又会变得光亮如新。英文"Silver"意指"白色光辉",这一含蓄内敛的光辉,如同不倦的热忱,指向遥远的过去,又预示着悠远的未知。银也是中国西南少数民族服饰中一个重要的表达符号,女子多以代表星月的银泡装饰衣物，寓意人丁兴旺，世代昌盛。而户撒女子通身上下少有绣饰，只在衣领衣襟或腰间以银饰装扮，田间走来，一身青衣也能成就至美境界。

户撒传统的银器加工由男性在家庭作坊内完成。在整个传承机制中，老银匠是传承的主体。他们使用最简单、最易得的工具，按照祖传的工艺技法加工传统银器，绝不偷工减料。老银匠的技艺和行业道德在当地群众中得到高度认同，不仅严格遵循银饰锻制技艺的乡规民约，还以这些规定严格要求自己的子女和徒弟。他们的子女多从事银器加工，正逐渐成长为当地银匠的中坚力量。随着首饰加工业的兴起，"传男不传女"的观念正在改变。李焕芝的家所在的明社村这些年已成了小有名气的"银匠村"，有近百户人家从事银器锻制，产品远销各地。进入各家院门，常见的景象是男子挥锤打银，女子手捧盘子做银花，或抽或拉或扭，都是精细的活计。

花丝工艺是银器制作中最为传统也是最为复杂的一道工艺，早在唐宋时期就已应用于妇女的发饰中。一克重量的银可以拉成1800米长的银丝、压成1/100000毫米厚度的银箔，优良的延展特性为匠人们提供了极佳的表现空间。匠人先将银条或银片加工成丝，再通过盘曲、掐花、填丝、堆垒等手法精心锻制而成。

花丝纽扣有着最为简单又实际的用途，与佩戴使用者极为亲近，常得到特别的珍惜，生出特别的含义。纽扣的花形有简有繁，边丝掐作太阳花、梅花或蝴蝶的轮廓，花心花瓣由细卷丝平填而成，薄银片则打制成蝴蝶的腰身、花朵的底托。银扣可以是单独的一枚，也可以一朵一朵分别攒焊、镶嵌，成对成排。独特之处在于传统工艺的巧妙用意：蜂蝶在采花的一刻，花朵也正开至妖娆的瞬间，仿佛只要一阵轻风，它们就会摇动起来，每每令人惊叹，金属的丝片竟能填镶出如此纤丽轻盈的纯色幽香。

手工技艺是手艺人表达自己的方式。银材、器型、图案、色彩无不附着手艺人的感悟、经验、修养、体温、性情，甚至缺憾。人与器物，像是阳光穿透雨水、汗水渗进木纹一样相依相融。焕芝打制银器时，极少使用烧蓝、点翠工艺。素工的器物依靠形制、线条、质感取胜，由内而外的气韵于无言之中说出了"素以为绚"的道理，与不娇饰的文字、书画有着微妙的对应。端详她的手作，一梳、一杯、一锣、一铃、一镯，如花如叶，都像是被风拍过、雨水洗过的样子，件件发于至性，直抒心怀，有着纯粹自然又自觉的光亮，使人沉静，也教人如何沉静。

我相信,一件器物的生动好看,还在于人与物、物与物之间相得益彰的映衬。而焕芝的底色,是经由成长经历练就的性情上的坦诚与笃定。生于银匠世家,家中无弟兄,三姐妹中排行老二,聪慧勤勉,6岁即跟随父亲打制银器。火炉、风箱、模版、铁锤、铁砧、錾刀是她最亲密的伙伴,打银做花,对她而言是一件乐在其中的美事。在20岁的年纪,她已熟练掌握祖辈传下的手艺。她知道,化料、压坯、做胎、錾花、焊接、拉丝、打磨……在制作过程中,每一步都不能掉以轻心,每一道细微的工序都需要精心打磨。高温熔炼的银块离火后很快冷却,该怎样敲打,怎样用力,力道多少,容不下任何一个多余的念头。该剪则剪,该拉即拉,从不迟疑停顿。她总能在最恰当的时候让器物成就它们该有的形态。

人的美丑,五官位置稍有不同即有天壤之别,穿衣打扮是这样,手工雕琢更如是。在千百次过火和数万次敲打的过程中,匠人不仅需要确保器物各部分不开裂,在银片延展成型的过程中,还要保持银片薄厚均匀,达到理想中的形状与意境。凭借经验与灵性,她天然地知道银器装饰中稻穗抽节、花叶开合的层次厚度,就像雕刻师知道雕像藏在石头之中。在绘进心田的图画中,她让一切固有的样式都有了用武之地,找到了它们合适的位置。

焕芝的获奖作品《项圈》处处展现出她拿手的花丝、錾刻技艺:基于传统又跳脱传统,深厚优雅中带着简洁,细节足够丰富细致,又不失一气呵成的潇洒。"传承与创新"——手艺人永恒的命题,在她这里彼此弥补,和谐并存。她自有一套独特巧妙的工艺语言,无声消解着传统技艺的古板黯淡。她张开双臂拥抱过去,又不忘竭力前行,她的面孔朝向未来,她的目光也望向过去——古老银器锻制技艺的过去,户撒先辈用全部的智慧创造和积聚的璀璨文明。

25岁时,李焕芝成为李氏银器锻制第六代传人,她与同是手艺人的丈夫建起了户撒银器非遗传习馆,古老的家庭作坊向所有热衷于银器制作的人敞开了大门。焕芝把今天的一切归功于身处的这个好时代,千千万万和她一样的手艺人可以安心传扬手艺。2023年10月,德宏傣族景颇族自治州成立70周年之际,焕芝夫妇合力打造了一颗重约2800克的银石榴,无偿捐赠给州庆组委会,让这门古老的技艺深深烙印下各民族像石榴籽一样紧紧抱在一起的兄弟情谊。

在许多参加学习或传承技艺的场合，焕芝喜欢将她的名字写作"唤知"，其中蕴含着清醒的认知和坦诚。这是真正的唤起与觉知。她的幸福在这片生养她的土地上。人们喜欢什么、需要什么，她就做什么，心平气和，不标榜，不夸口，不区分民族信仰，甚至无关风格流派。她对手中大大小小的零件给予同样的关注和爱惜。每一天，不同的时辰，她任由那么多的银花、银扣、银碗、银壶，一件一件地到来，挤满院子的各个角落，然后按着各自的性情被不同的人带走。手艺人的幸福，就在这静静的狂欢和接连不断的丰收之中吧。

银器，户撒银器，也许是从一片更大的稻田落下的稻穗，被一场季节之外的风掠过，摇落田间。风吹稻浪，锤声当当，又将幸福送往村庄之外的村庄。

风雨制茶人

茶与德昂族，相生相伴。有德昂族人居住的地方，就有茶山。德昂族人家家户户种茶、制茶、吃茶。在漫长的迁徙发展过程中，总有茶农躬身劳作。无论和平年代还是动荡年代，总有茶香清冽，载着他们的欢喜与哀愁，陪伴他们经历盛世与灾年。

在芒市三台山乡，随便走进一户人家，都能够品尝到一种汤色金黄透亮的德昂酸茶。"酸茶"的制作要经过十多道工序，因采用德昂族传统的土法长时间发酵工艺，茶品呈现微微的酸味而得名。德昂酸茶通常以当地大叶种茶为原料，经过清洗、晾晒、蒸茶、杀青、揉茶后，塞入竹筒或竹筐压紧，以洗净的竹叶封口，再用竹篾扎紧，放进土坑或地窖发酵，两到三个月后出窖。

茶山环绕的德昂山寨，冒着热气的火塘边，慈眉善目的老人就着茶水哼起古歌——高高低低、平平仄仄的韵脚中，歌声此起彼伏，那么自由自在，绵延着水与木的真切。茶喝到最后，是一种混合着花蜜与果实的淡淡回甘，说不清道不明，好比山水间自由奔跑的追蝶人，在蝶儿靠近的一瞬间眼看它飞去，虽两手空空，却留住了速度、光影和风的记忆。

2021年，随着德昂酸茶制作技艺被列入国家级非物质文化遗产代表性项目名录，德昂族独特的文化习俗为更多人知晓，而第一个将德昂酸茶推向市场的企业——云南德凤茶业有限公司及其创始人卢凤美也走入了人们的视野。

55岁的卢凤美身形娇小，清冷中带着朴实，温婉中透着果断。34年与茶为伍，她将一个小茶坊经营成为一个产值不菲的本土知名企业，也一步步成长为德昂酸茶制作技艺的传承人。

一片茶叶，春天从土地出发，一路追寻阳光雨露，穿破酷热严寒，被采摘、揉搓、晾晒、炒制、焙干，而后深埋土层，经历苦楚难当的发酵过程，茶分子游离、聚合，又在一杯清水中舒展开来，散发清香。卢凤美的人生经历暗合了一株茶树、一片茶叶生长的艰辛历程，不偏不倚，不枝不蔓又姿态横生，芬芳可人，给人性灵上的启迪和感悟。

卢凤美的家在芒市江东乡，家里有8个兄弟姐妹，吃不饱饭是常事。初中毕业时，15岁的卢凤美不得不外出打工，到一家国企茶厂做了合同制工人。在最美好的花季，她把自己埋进黑乎乎的制茶车间，等到身上浓重的茶叶发酵的味道慢慢褪去，她也渐渐熟悉了制茶工艺的程序。

卢凤美说，茶叶看上去轻轻巧巧，进入茶厂才知道，原来做茶并不是一件简单的事。

"我所在的工厂规模不大，设备落后，什么都要靠人工做足。当时的工人每月粮食分为30、35、40斤几个档次，我们茶厂的工人都是归到40斤这一档，吃40斤的粮食就说明你做这个活路非常重。

"做茶叶很辛苦。有一天，我们厂里来了一位茶叶专家，她对我说，'你能坚持吗？人生有三苦，砍柴、打刀磨豆腐，但是做茶比这三样还辛苦。'我说，我这个人到哪里都是准备好了的，准备好去吃苦。发酵、紧压这些手艺都是实打实学过来的。当时茶厂招了37个工人，现在唯一还留在这个行业的，只有我。"

1999年，卢凤美决定做自己的茶厂，创出一个属于自己的茶叶品牌。怀揣师傅借给她的两万块钱，她和丈夫两个人骑着摩托车在整个芒市城到处找出租房。

"终于找到一间小厂房，从此定下心来正式开始做茶。做得有点风生水起了，我们的同行就要来加价租这块地。我们当时租八千块一年，同行出到三万元，就是一心要撵走我。我们夫妻俩又开始四处找房子。没有找到理想的地方，最后下定决心用三万元又租下了原来的房子。"

卢凤美记得第一次带着茶叶样品外出寻找市场的情形，对方看样品后请她吃饭，席间告诉她样品全部要，后续又一次性跟她签订了11吨的供茶合同，顺利得不敢相信自己的耳朵。直至被告知取货款时还免不了心中的忐忑，于是她特意约上妹妹做伴，用一个帆布袋小心翼翼将26万现金背回住处，硬是守着钱袋子睡了一晚上。第二天一早去银行，等待验钞那几分钟，听着机器发出的嘀嘀声，她以为是假钞，脑子里想了种种可能，甚至想到回去如何卖掉房子还钱。当工作人员打出一张存单让她确认时，心头那块千斤重石才算落地。

2005年，对于卢凤美来说是一个重要的年份。那一年，市场出现了一个大的转机，国家将茶叶纳入食品管理，实行市场准入制，卢凤美自创的茶业品牌"德凤"逐渐得到行业认可。一次偶然的机会，她接触到了酸茶。德昂山那广阔连绵的碧绿空间，仿佛连呼吸都能使人保有不变的清明、宽厚与慈悲。那些得尽天地精华，却从不争高，始终在低矮处生长，神明般渗透万物却有意闭口不言，默默积蓄力量的茶树，给了她一击即中的欢喜。她感叹德昂人对茶、茶人、茶事的无上尊重，感叹家庭作坊式的制茶工序中蕴含的虔诚温润的情怀。她住进德昂山，专心学习酸茶制作。在与德昂族人一起做茶、品茶的过程中，得到许多酸茶制作老艺人的指导。他们对本民族种茶制茶技术尤其是发酵技艺，有着深厚的积淀，往往三言两语的点拨就令她豁然开朗，继而激发出更大的热情投入酸茶的制作推广中。

对一门技艺最好的传承就是使用它和推广它。卢凤美带领员工一边协调制定企业标准，一边尝试慢慢投放市场——这几乎是一种里程碑式的尝试与坚持。长期以来，因为没有相对规范的行业标准，产业难以形成规模，德昂酸茶仍旧鲜为人知。再加上与传统茶叶在口感上稍有不同，带有发酵气味的微酸不易被人接受，投放市场之初引来了许多质疑。在夜以继日的摸索与实践中，卢凤美坚持科学和专业的理念，精选当地古树茶原料，对每一道工艺进行细致的改良，最大限度地保持茶叶的天然生态品质。保留了德昂酸茶最具核心竞争力的长时发酵工艺，还沿用了极具辨识度的"酸茶"名称，在产品的命名和包装上也独具匠心，融入了德昂文化元素。

云南名山名寨原料地众多，茶叶市场竞争激烈。尽管"德凤"总能在各类专业评比中脱颖而出，卢凤美知道，作为一名产业带头人和技艺传承人，自己所能依靠的，唯有勤勉和诚实。就像卖油翁将油准确地沥入狭窄的钱孔，熟练和精确是一门技艺得以生存的根本。她让一切松散归入秩序，认真秉承并遵循这种精确和熟练，引领行业向着规范化方向迈进，在一条传统技艺搭载现代茶企展现新生的道路上努力探索，聚力前行。

在细心观察酸茶产品市场反应的同时，卢凤美带领公司技术骨干外出考察调研，与高校达成校企合作，获得专家团队的科研数据支持，不断研发生产出适应市场需求的茶品。2022年6月，在德宏州市两级茶叶技术推广站、州市场监督管理局、德昂族研究学会的指导下，卢凤美联合其他4家本土茶叶企业起草的德昂酸茶团体标准、加工技术规程以及食品安全卫生标准开始实施,从定义、类型与等级、试验方法、检验规则和标志、加工技术、包装、运输、食品安全卫生标准等方面对德昂酸茶进行了全面规范。

"从鲜叶采摘、杀青、揉搓、晒干,然后送到精制厂进行发酵、压制和包装,整个过程都是按照食品加工标准进行的。我们在每一道环节我们都严格把关,不符合标准的产品会立即返回上一道工序。到现在,全国各地包括海外都能买到我们的德昂酸茶。"

这些年,"德凤"先后被认定为国家级星创天地示范点、云南省级重点龙头企业、科技型中小企业、创新型试点企业。与此同时,卢凤美的茶叶制作技艺也有了长足进步,2023年,云南省乡村振兴局等8个部门联合认定了39名省级乡村工匠名师,卢凤美的酸茶制作技艺被列入其中。同年7月,云南省举办了"联合国教科文组织人类非物质文化遗产代表作名录"证书颁发仪式,卢凤美应邀参加了颁发仪式。现在,"德凤"已经建成五个茶叶初制所,拥有两万多亩茶园、1000多株古茶树的原料地,并关联着5000多农户的日常生计。

自然界的果实以饱满坠地为成熟的标志,而茶叶则相反,以叶片的向上伸展为标志,成熟于轻盈、新绿之始。看她安静地坐在茶席旁,添水、洗茶、冲泡,温婉舒缓、轻快从容,仿佛又听见小儿女采茶的声音从茶园深处传来。

我相信,卢凤美身上的韵味,那仿佛新生叶片般的轻盈自然,是茶赋予的。茶,不仅改变了她的命运,也使她的性情始终朝向理想的路径自由伸展。她打动众人的,从来不是企业家的诸多成就与业绩,而是那种将一切自然归结于初始并始终保持向阳向上的惊人能力,也许她并不自知,因为爱茶之人,都是随心随性之人,就像这么多年来,她从未问过自己是否适合做茶,能收获多少。她像小时候一样,天亮起床干活,天黑回家休息,一切简简单单,自自然然——没有预设的商业目标,不受利益驱使,怀揣着踏向未知的勇气,她专注地沏一杯茶,远近如一,倾听茶叶舞动的声音。这不仅是技艺的打磨,或企业层面的经营,更是一种交付,将熟悉可控的自我交付给一个始终向上的空间,一点一点完成对自身的扩展与升华,永无止境。她是那个风雨兼程、园里园外收集茶香的制茶人。

水鼓：守护德昂族人的精灵

多年前，在三台山德昂族乡的一次采访中，我曾向邦外村一位七旬老者询问水鼓与德昂族的关系。老人没有说话，只是轻声哼起一段古歌。

那带着浓重德昂语腔调的回答让我铭记至今：

"不会说……水鼓是守护德昂的精灵，没有水鼓就没有德昂……"

那时匆忙，许多事情来不及细想，许多风景来不及细看。年轻的我不知道，其实看得越多，想得越透，越会明白表达的艰难。世上许多东西只能铭记，不好言说，也不必言说，它们是沉在河底的砂石土粒，是阵阵起伏的风吹和麦浪，是一片遥远的回响与荡漾。

现在想来，老人简短凝练的几句话，透着深刻的理解，以及理解之后依旧存活的张力——"不会说"，坦然承认语言和思维的局限，放弃无谓的突破，犹如一位诗人在诗绪高涨时，坦白而平淡地写出"欢乐难具陈"或"悠然心会，妙处难与君说"这样的话语，我们离诗人内心的欢悦其实又近了一步。

说到底，生命几乎是一个无法言说的秘密，言辞是无力的，表达是苍白的。理清一段渊源已属不易，谁又能将一种乐器与一个民族的关系说得清楚？语言既能被界定为生动或活泼、深刻或浅薄、真诚或恶俗，当然也有其不可知的阻碍和局限。由此，那些人与人、人与物交织穿梭至深之处，思之所及难避空茫之处，难以言说、难以名状的东西，总能让一个与生命诚实相待的人保持应有的沉默。沉默在此显出它的必然，彰显智者普遍的清醒和强悍。

后来我从资料中得知，当年的老者名叫李腊翁，曾先后被授予云南民族民间高级音乐师、国家级非物质文化遗产《达古达楞格莱标》的代表性传承人等荣誉称号。《达古达楞格莱标》是德昂族迄今整理并出版的唯一一部创世史诗，诗长1200余行，以茶叶为主线，集中描写了德昂族始祖化育世界、繁衍人类的神迹。

正如德昂族的生活中少不了茶一样，德昂族人对水鼓也情有独钟。

水鼓一般采用质地较软的一段圆木挖空制成。采回来的树木根据确定好的长度锯成段，树木大多上头细下头粗，鼓身就着树的身形做成长筒形。掏空树心之后，在靠近大头一端的鼓的一侧开一个小小的灌水孔，鼓的两端用新鲜的黄牛皮紧紧绷上，再用烧开的水不停浇在鼓面上，起到紧致水鼓和防裂防蛀的作用。打鼓前先从鼓身中间的小孔灌进水或酒，湿润鼓皮和鼓身，获取特殊音色，"水鼓"的名称由此而来。

由于年代久远，水鼓的真正起源已成为不解之谜，这也为水鼓这种古老的乐器增添了浓厚的神秘色彩。相传很久以前，德昂族人在劳动时发现饱含雨水的空心木头在与他物发生碰撞时，会发出"乒乓、乒乓"的声响。也许声响传来时，刚好风过云动，鸟叫花开，善念丛生。劳作之余，人们便敲打起空心的木头和竹筒，和着声音的节奏起舞作乐，慢慢演变成今天的水鼓和水鼓舞。

水鼓的声响无处不在。

据说德昂族人，尤其是老一辈的德昂族人，大都有着深深的水鼓情结。无论在什么地方，处于什么样的情境之下，只要听到鼓声传来，就会忍不住手舞足蹈，甚至激动得热泪盈眶。仿佛那是固有的天音，让人在蛮荒之中听出神明的言说，悟到神明的旨意——然而始终不可言说，偏偏是它，只是它。它经过所有，然后继续它的脚步，生命于是前赴后继，永不止息。

历史上，德昂族人曾饱受磨难，经历辉煌，也经历过没落。始终跟随他们的，是那种避开阴影，掠过悲伤，延续传统的惊人天赋。我一直相信，有"古老茶农"之称的德昂族人更能担得起"智慧茶农"的称誉。这不是以为，是相信，这信心可能来自多次深入采访，可能来自他们内敛的性情以及看似木讷的外表。我相信大智若愚，相信智慧总藏在朴实与拙朴的后面。

他们的家园安放在茶山环绕的地方，他们用双手采摘茶叶、收割食物，走在少经修筑的村道上，说着我们无法听懂的语言，穿戴与祖先别无二致的服饰。他们并不总是怀有远大的志向，从不刻意模仿什么，也无暇顾及许多无谓的奇巧精妙。他们让水鼓始终保有单一不变的样式，流淌出日常、平静又真挚的声响，淡而愈浓，近而愈远。他们按照自己的方式感知一切，调整一切。腰挎水鼓站在这片茶树生长的土地上，他们是踏实的、谦逊的，也是骄傲的。望向过去和将来，他们的目光一样真切。

生活在三台山乡处冬瓜村的李腊补做了一辈子的水鼓，习得一身好技艺。每逢节日庆典或是婚丧嫁娶，远近寨子的大小活动必用他做的水鼓，也必由他在场领头起舞。

到80岁的时候，腊补再不能像壮年时那样，把10多斤重的水鼓一甩手挎到肩上，带领众人尽情歌舞。大多数时候，他一个人坐在院子里，静对远山苍茫——一个人一生的骄傲，也许必须保持在这样一种不屑一顾的倦意里。偶尔兴起，他会拿出水鼓，翻翘着手掌在鼓面来回敲打，打鼓的节奏是沧桑过后的怡然，豪气与静气相兼，有如功夫老道的画者，胸有成竹，提笔就画，然而点到即止。几个回合敲打过后，他重又坐回院落，燃一卷纸烟，看往事丝丝缕缕叠入青烟，散去无痕。

坐在这个老者身旁，什么也不必说，什么都不必再问，他的故事全在这里了。

腊补老人在95岁时安静离世，村里人敲响水鼓，跳起水鼓舞为他送行。人们相信，最深的爱以最古老的方式存留。

腊补家小院西边的墙面上，挂着一排排已经成型、等待装饰的水鼓。有的挂了一年，有的两年，有的已经挂了他们一家人都记不清的年份，但从来没有人将老旧的水鼓拆开重新制作。只是在一年中的某个时日，取下一时找不到买主的水鼓敲打几下。每一次，腊补的二儿子李国瓦总能在那样漫不经心的敲打中发现一两处鼓的欠缺：这个绷得紧了，那个水孔开得不够深，这一面鼓身泡水不够久，那一面内壁掏得又太空……他们相信，一面鼓有一面鼓的一生，一面鼓有一面鼓的记忆。匠人制作水鼓时，砍木头的力道、绷鼓皮时所用的力气，甚至选取的木料、绘制的花纹都各自带着独特的印记。每一面鼓面上，都曾一圈一圈印下先人掌心的纹路、汗迹，留有他们悠长远古的牵挂。

人老去，村庄并没有跟着老去。正如茶山上的茶树从不停止生长，德昂水鼓永远没有完全做成、放下的时候。做成了的还可以做得更精细，敲响了就不会再停下，更何况，一只鼓的寿命比起人来，不知要长出多少倍。山里山外，月升月落，人们来来往往，一茬一茬的后生总想着往山外走，去看看别人看过的世界，过过别人过过的日子。可是过晨昏、绕星月，越过层层青山，绕过条条小道，走多远的路，跳多少的舞，听多少的歌，到老了，又会沿着走出去的路往回走。一年又一年，一茬一茬的后生，又会寻着一面面水鼓的印记，回到一个又一个记忆中的场景，在同样关切的目光中，延续着同一个鼓点千年的回响。

守在德昂山这漫长的一生中，或许有一天，腊补的儿子们的想法会变得和他一样老，他的儿子的儿子们的想法也会变得和他儿子一样老。不论世事如何变迁，人心怎样变幻，人在一生的某个时刻，总会和远在时光那头的祖先想到一块去。

多少年后的一堆堆时日里，他的孙儿们也会这样坐在他的儿子的身旁，于万千静默中，敲响一面水鼓，听它无喜无悲、无怨无艾讲述一个手艺人一生的故事。而那些咚咚咚咚的鼓声，一声一声又会落在多少年前的鼓点上，后一声追赶着前一声，一声比一声更遥远、更深邃，穿越先人经世不泯的记忆与祝福，轻轻悄悄落回到现世跟前，如同精灵曼舞，世世代代与德昂族相生相伴。

龙阳塔下

陇川县章凤镇东郊的户弄村，是一个德昂族、傣族、景颇族杂居共处的小村庄。

白云流散的高天之下，德昂族为纪念先祖而建的龙阳塔立在村子中央。塔身主体是一条盘旋石基上的青龙，龙头后方，金色的太阳闪耀着光芒，恒久讲述着一个关于民族起源的美丽传说。

相传，天地混沌之初，在一座原始森林中居住着德高望重的法师和他的徒弟。徒弟名叫居木德瓦哈那，他继承了法师的衣钵，拥有奇异的本领，善于飞翔。一天，他外出追赶鹿群，在一个美丽的湖畔遇见一位美丽的姑娘并与之相爱。他离开师傅，和姑娘一起住在湖对面的岩洞里。一天，居木德瓦哈那发现他心爱的姑娘是一条龙。犹豫良久后，他与龙姑娘诀别，直向空中的太阳飞去。16年过去，龙姑娘将6个孩子抚育成人，并在逐一告知孩子们的身世后，离开了岩洞，消失在与居木德瓦哈那相遇的湖中。从那以后，德昂族的子孙就从岩洞开始繁衍生息，他们自称为"衮思艾，妈勒嘎"，"衮"在德昂语中意为父亲，"思艾"为太阳，"勒嘎"为青龙。

户弄村的龙阳塔始建于1993年，是德昂族的第一个龙阳塔。2000年拆除重建时，德昂族同胞主动贴合中华龙文化的形式和内容，增加了雕塑的高度，扩大了龙身的比例，赋予了龙阳文化崭新的时代含义。2022年12月，"龙阳节"被列入云南省第五批非物质文化遗产名录，龙阳传说逐渐成为德昂族标志性文化现象，融入德昂族人的日常生活和文化记忆。

每年春天，散居在各地的德昂族人以太阳为磁极，从四面八方奔赴龙阳塔下，以节日之名，完成一场场向着天地仁爱和平的朝拜——如同一路汇聚着的水流、漫天飘舞的尘灰，经由山水光阴，经由不同的城市乡村，节日，让散落各处的消息重新联结，让相互隔离的心魂得以重新聚合。节日来临，神圣即显明，在心灵的皈依中，在精神的恒途上。

清晨，当长满苔藓的老井石壁上透过一缕逐渐明亮的光线，木棉花树上鸟鸣如雨般落下，菩提树在微风中翕动，仿佛在吟诵细密连绵的祝福。我们到来之前，这里的人们已经扫净塔下的落叶灰尘，家家户户敞开院门，彩绘的瓷瓶换上了清水，插上带叶的鲜花，平盘里摆上了新买的贡果。每个人都只在自己的早晨醒来。这是他们自己的早晨。百年千年，德昂族人固守他们衔泥而筑的精神之塔，安然守护一份将自己融入并遗忘其间的自在满足。

不断有人来到塔前，打开随身的背包，拿出贡物，点燃烛火，一路的辛酸劳苦就此安放塔下。在抬眼与圣灵相遇的地方，他们仰望，他们祈祷，双掌长久地合十。他们用以表达心中诚挚的，是亲手收割的谷物、亲手摘下的果实、亲自酿制的水酒——任何一种他们认为神圣的方式。

当他们起身，微微低下头迎风站立时，我知道，有一些我无法看到的景象被他们默默地领受了，还有一些如同经书翻动的声响，我也听不见。听见了，也不会有他们那样的喜悦和感动。高高低低的祈福声中，那些虔诚脸庞的背后，一定有些什么，标记着内心伸展的方向，那样清晰执着，自然而然地将一个人懵懂的依赖和勇气径直地带向未来，通向无边的深远和辽阔。

在老一辈德昂族人的描述中，矗立在龙阳塔尖的"龙"和"阳"标志在白昼和夜晚各不相同，从不同的地点和方位看也各有差异，唯有在阳光照耀下的龙体和龙冠始终不变，无论四季流转昼夜更替，身形依旧，容颜依旧。塔身静穆，永久定格于沉默。沉默深处，悲欢俱在，深情如故，青龙守护石塔，亘古至今等候春风化雨，等候爱人归来，等候狂傲归于谦卑，欺瞒归于诚恳，世事归于平安。

站在千年以后的地方看，未来其实早已写定，每一字每一句都已经写好，如同神话般不容更改。她知道她在等待吗？当她背向太阳，伴随悲伤走入冰冷的湖水时，有没有一刻的停顿和犹豫？千年之后的回望，她是否看到德昂族子孙已然悲喜不惊，随春风浩荡奔赴各自心中的向往？

正午，龙阳塔下渐渐聚满盛装的人们。

塔旁一棵高大的野果树下，老者席地而坐，孩子们四处奔跑。风过处，橄榄大小的果子噼噼啪啪地落下，树下的人，伸手就能接住一个，在衣裳上轻轻擦拭，却不送进嘴里，悠然品着茶水。紧邻老人和孩子，德昂族后生把水鼓、象脚鼓和铓锣敲出欢快的节奏，鼓声由徐而疾，由疾更疾……眼见着快要沉下去了，忽然又翻腾起来。舞队的圆周一点一点扩大，分贝层层加码，加不上去了，舞者挎鼓而舞，笑声和欢呼声如花瓣层层绽开，欢乐，连同暖阳下的树影，一点点滑过彼此熟悉的脸庞。他们都是幸福的人，赤手空拳即能抵达内心的殿堂。旁人分不到他们的幸福。脚踏同一个鼓点，感受同样的欢乐，傣族大爹和景颇族大妈舞姿舒展，笑靥如花，德昂族姑娘的衣饰缀满景颇族姑娘喜爱的银泡，傣族姑娘的筒裙上，德昂族的腰箍随风摆动……盈盈春光之下，不同民族文化肆意交汇相融，恰如一棵老树长长短短的枝条执着醒目，冒芽伸展，正在形成它新的年轮。

一位坐在塔下的德昂族老者吸引了我的目光。

列队舞动的后生从她身旁经过，衣襟掠过她密布皱纹的深色脸颊，旋律穿过她泛着哑光的银质耳钉。半蹲在一米开外的位置，我用相机镜头定格她如树桩一样的沉静。她只需一动不动，世界似乎就能停在喧嚣前的一刻——在没有预约的地点，在毫不期许的时刻，那些让人铭记和感恩的温情就这样无声到来。身处怎样的盛世才能坦然拥有这样的从容，需要积累多少善意才能获得这样的安详？她盛装包裹下的心的天堂，一定消除了所有的脚步和声线，只剩下风……每一场大大小小的风中，所有往昔被翻动，被风卷起的树叶、水滴、石土、另一阵风、歌声或舞步，像握住时间的笔，记下许许多多的人和事。

总有些东西会被记住。那些老树、古井、茶园、稻田、山岗、溪流、石塔檐壁上穿过树叶的光，散发五香粉味的集市烟尘，皱纹堆叠的笑脸，节日的木鼓和锣声，银泡珠线间穿梭的舞步，合十的双掌，随风翻转的菩提叶，开在春天的木棉花……总会让人想起一些什么，在记忆无法触及的地方，在语言无法到达的深处，在神秘无法洞穿的方向，在一个个折返心灵故里的路口。

暮色降临，人们点亮烛火，不由自主仰望高天。

苍穹之上，万盏星火，苍穹之下，万物安宁，沐浴在无限恩泽与宽容之中。

慢轮转动

又走在芒项村树冠纷披的青树下，阳光洒在铺满碎石的村道，微风送来泥土的气息。勤劳的人们世代守护天恩，弯腰劳作，种植他们缓慢拔节的庄稼和生活。

芒项村于2016年被列入中国第四批传统古村落名录，这个不足千人的小山村，至今完好保留着4000多年的慢轮制陶技艺。慢轮由一个木质的底座和一个石材的轮盘组成，大自然最普遍的水和泥土，经人的双手混合交织，揉搓成团，在轮盘的持续转动中慢慢成形，最后经烈火烧制成陶。

陶，是人类进入新石器时代第一次从无到有的探寻，从泥土到星空，从双手到内心，一次次追问，一次次凝望，一次次听见生命的消息传来。千年逝去，天地依旧，村落依然，人们凝望着最初的凝望，继续亘古的思考。陶身素净，却非无色；陶身静默，却也有声，一路映衬傣族悠长久远的稻作文化，延续生生不息的文脉传承。

傣族人自古喜爱陶器，明初钱祖训所著《百夷传》记载：傣族"无水桶、木甑、木盆之类，唯陶冶之器是用"。因为土陶优良的透气性，在傣族人居住的热带亚热带地区，土陶制成的锅用来烹制食物，味美易熟；用来盛水则清凉爽口。此外，它还能用来装酒、置米、存茶，并在寺庙、奘房作为佛教礼器被广泛使用。更有那立在村巷路口竹片搭起的小台架上，专为路人解渴的凉水罐，每每代言了许多不必说出口的语言，平平实实、恳恳切切，满满取之不尽的善心暖意。

慢轮制作、露天烧造、无釉无色，芒项村的土陶制作工艺原始得近乎粗劣。人的无趣往往令人生厌，物的黯淡却普遍招人喜爱，那种出窑即显古旧的日常乃至平庸，一开始就找好归宿，预备着日晒雨淋、风蚀尘染似的，与天地山水自然契合。单个有单个的静气，整排有整排的热烈，夕阳一照就能成就景观。

一个古村，至少要有一条河、一棵大树、一个老艺人。上一个村庄吹来的风，要很轻很慢，容老树慢慢参天、老艺人安心传下老手艺。

芒项村西边的一条小河里，有制作土陶上好的黑泥。每隔几个月，村里开来挖掘机取出泥料，堆在河边风干晾晒。清晨，73岁的傣陶制作技艺传承人叶板约上她的老姐妹岳孟团，挑上竹担到河边取泥。

有时，老人一身素色装扮的身影旁，会出现一个乖巧伶俐的小姑娘，她是叶板10岁的孙女项琳。项琳帮着用锄头把土块捣碎，再掺进沙土，倒入箩筐，挑到几百米外一棵大树下祖母的制陶传习所，然后蹲坐一旁，看她们一边筛土一边往里掺清水，一边将泥水混合，再用木槌一遍遍捶打，直至泥土达到理想中的黏性。

揉土的过程很像揉面，需要耐心细致地将土里的气泡彻底排除，让水滴一点点渗入固体的土块中。叶板清楚地知道，一个小气泡、一处过于潮湿的纹路，都可能导致外壳粗细不均，在烧制的最后一道工序中膨胀开来，发生破裂，甚至引发大小不一的爆炸，导致全部作品前功尽弃。

揉好的泥团被逐个分割置于轮盘之上，轮盘转动，叶板的双手缓缓跟随。她用手指握住黑色的柱体，牢牢掌握泥球的重心，配合转动的节奏，保持罐体的薄厚均匀。陶泥从指间溢出，仿佛有着自己的意识，渐渐升起，向上，从有形有状，到无形无状，复又变得有形有状，在玄妙的变幻中塑造着自身渴望的形态。

有时项琳会主动要求打一个泥坯。一开始，她轻而易举地掌握了节奏，一个宽腹的罐体升了起来，逐渐变宽，又逐渐变瘦。接着，她乱了节奏，泥墙开始发皱、滑溜、向内塌陷。她大笑着转过身去问祖母错在哪里。祖母同样笑着回应说："这种情况太常见了！"

眼看泥罐显出雏形，叶板用一根铁丝去掉顶盖的部分，再用一块蘸水的布条轻轻贴在旋转的泥罐内壁，像呵护初生的婴儿，让它微弱的喘息更加顺畅。泥罐完全成型后，一只刻有纹路的木拍轻轻跳跃着，在陶身上留下深浅不一的纹样。随后，成堆的泥罐被放到阴凉的地方自然风干，等待最后的烧制。

芒项村的傣陶制作至今仍沿用从平地堆烧向有窑烧制过渡的初级形式。首先，在地上铺一层树皮或木柴作底，然后将晾晒好的陶坯用稻草包裹，摆放整齐，再在稻草外糊满泥浆，并开几个小孔作为出气口。烧陶的地点选在叶板传习所后面的小山坡上，依山势倾斜，利用火焰自然上行的原理建造，造价低，又能充分利用余热。乡村常见的植物秸秆、玉米芯以及热量高、火焰长、灰分较少的松柴是烧陶的主要燃料。

烧制过程持续四十八小时以上，通常需要五天四夜，冷却则需要一天或者更长。到第四天，叶板几乎整夜守候。由于不上釉色，烧制单纯陶土造型反而需要更加炽热的火力。叶板不断往炉窑内添进火料，尽力控制烟雾的流量和火焰的均衡，检查柴火可能会导致的烟雾污染或者燃烧不均的因素，以确保黏土到陶器的嬗变更加完美。

像其他经验丰富的老艺人一样，叶板有着自己的拿手绝活。她精准掌握填料和下料的节奏，在布置烧窑方面的实际经验也非常丰富，她知道哪些地方热、哪些地方通风、哪些地方火势最强、哪些地方比较冷，或者更冷。她有几个志愿帮手协助投放柴火，但她必须时刻监督他们往火堆里投放的材料。如果使用掺杂其他杂质的燃料，器皿可能会烧得不均匀，变得晦暗无光。她一直小心着把最好的木材留到最后的时刻使用。

烧制第五天，陶罐褪尽周身的浮躁，在烈火中塑造出宠辱不惊的身形，等待最后的出场。当烟火的余温渐渐散去，一出关于泥与火的洞穴戏剧缓缓落幕，窑门开启，一半合乎人意，一半顺应天意，烧制完好的陶器呈现出干净的浅赭和米黄色，透出日子的光泽。

感到心满意足的叶板会将它们一个个排列上架，在微微超过视线的高度，它们值得这样的端详——和土、揉搓、打胚、切割、塑形、风干、入窑、火炼……需要经受多少捶磨炙烤，才成就这样一个密度适中、能盛尽悲苦的容器。

烧坏的土陶就地成堆地摆放，叶板牢记着从前老艺人的教导，从不着急清理碎片和余烬，她需要反复寻找和记录出错的细节，以避免下次的烧制出现同样的差错。自然界的土、风、水、火，每一样都不容人轻易掌控，破裂，粉碎、爆炸是常有的事儿，艺人花费数月的工夫和心血可能在分秒之间化作瓦砾，复归尘土——失败来得如此彻底！在这个意义上，一个手艺人的卓绝，不在于单纯绘就图景、摆弄造型、创造作品、呈现精致，而在于用长久的专注、谦逊、沉静，甚至屈就，来接受、忍耐并试图修复过程中一切可能出现的坍塌、失败和不完美。

一张木凳，一台慢轮，叶板安安静静坐在一堆土陶中间，青苍一色，静默一体，散发出来自时间深处的优雅。数不清的日子，跟随轮盘转动、流走，被泥土打湿，又被风吹干……

4岁时从邻近村寨来到现在的家，叶板年轻时经历了时代动荡和贫困的生活，50岁后才真正安下心来开始制陶。成为非遗传承人后，常有远近游客慕名来到她的传习馆体验手作的乐趣，叶板坐在一旁，帮助推动轮盘转动，掌握着陶土的重心，一遍遍不厌其烦地演示如何保持合适的转速、如何感受陶土的质地，怎样抓稳指间升起的泥浆。常常，客人在小山一样的陶堆里找到几件心仪的器物，叶板会随机送上一两件小陶，微笑着将客人送出好远——没有讨价还价，没有商业的吆喝，甚至没有推陈出新的样式，一项技艺、一件器物、一种粗拙古旧、一种生活方式，单纯附着在这山明水净之间。

自然是最优秀的艺术家，它完成了一件更为卓越的创作。艺人与土陶，如此自然地置身村落，如同林中并生的树木，枝叶相拥相生，却从不缠绕对方的枝头，靠得那样紧，离得那样近，仿佛只为更加清晰地洞见对方，自始至终保有各自的忠贞和专注。

有一天，项琳也许会知道，祖母看起来满是皱纹、似乎从来没有年轻过的坚定的脸，起初也满载不安与躁动。一定经历过足够的爱憎，见识过足够的恩怨，体验过足够的辛酸，她才获得这无数次取舍之后的从容。一颗匠心，默然静对千年土陶。

时间让一个人、一个村庄变得缓慢。先是一句话、一个步子、一声鸟鸣、一阵轻风、一次承诺、一些期许、一副性情、一种际遇……尔后是整个人生、整个村落。

慢轮是穿在时间脚上的鞋，光阴走动，它发出声响。

所有的忙碌，都只是为了慢下来，慢一些，再慢一些。

慢轮转动，多少遗忘和宽恕、放逐与收容，都一并融入这亘古的平衡与对称之中，不见喧嚣，不起尘烟。

果实里的珍藏

西瓜自然成熟的季节，我们走进瑞丽市勐卯镇屯洪村傣族果雕技艺传承人喊乖的家中，听她讲述传承故事。

喊乖骄傲地向我们展示她的作品图册，它们多由在幼儿园工作的女儿帮助整理完成。有的用木框装裱，挂在墙上，大部分则分门别类放在柜子和抽屉里。作品大多用西瓜、南瓜、萝卜雕刻成花，也有雕成鸟的，刀工流畅，构思精巧。即使是一颗从菜市场买回来的莲花白，在她的刻刀下也变得意趣盎然，处处流露生活的热情。

简短交谈之后，喊乖走到院落一角，对着堆成小堆的西瓜打量端详，一个个用手拍打，又凑近了听，再放下。

"要先挑一个西瓜，西瓜不管大小，前面要扁一点，扁一点雕出来才好看。"

在四月的波罗蜜树下，喊乖铺开一张竹编的圆桌，麻利地去掉瓜皮，用一把刀尖稍向内弯的小刻刀，在嫩绿的瓜面上轻轻游走。

离开了根系，这来自大地的果实，浆汁仍在流淌，每个细胞都没有停止生长。喊乖的思绪顺应果实间小小的水系自由奔涌，道道曲纹、圆环与弧线悠然完成着彼此的寻找，慢慢地，集结成一朵花的模样……春风吹送，花瓣层层绽开，乍现满眼生机，牵动来访者惊奇的目光，一点点填满这个比春天的田野更加炫目的所在。

喊乖生长在风情浓郁的傣族村寨，自小就是个心灵手巧的姑娘，缝衣服、做剪纸，样样得心应手。小的时候，母亲一边剪纸，一边对她说："这些呀，都是要送去奘房的，我们的心要怀着诚意，要把最美好的事物供奉给佛祖。"一次和母亲礼佛归来，喊乖萌生了把剪在纸上的图案刻在新鲜瓜果上的念头。那时正值哈密瓜成熟的季节，她用手中的刻刀将一朵花的模样刻在了哈密瓜金黄色的瓜面上，引来一片赞叹。

年岁在增长，喊乖始终保持着单纯自由的天性。世间种种人情世故，人心与人心之间的藩篱隔阂，她并不了解。倒是自然界中那些寄寓着美好又迅速消失不见的东西，总能让她满怀天地间由衷的爱意与深情，长久地俯下身去，孜孜探寻。

"心里面想雕什么就雕什么，雕出来看，像什么花就说是什么花。什么水果都可以雕……传承活动去雕，人家赶摆，上新房都叫我去雕。学校我也去教，剪纸、果雕都教……去教那些学生他们高兴了，都喜欢我……"

采访过程伴随着喊乖的欢声笑语。只见她三两下挑开叶脉花序，不到半个时辰，又一件精美的果雕作品呈现在眼前。花，是田间任意盛开的一朵，果实也还带着阳光晒过的痕迹。没有预先设计的图稿，没有精湛完美的对称，不承载多么深重的主题，也不显现任何登峰造极的技艺。在鸟鸣与微风中，一朵花与一颗果实就这样相遇相拥、成诗成行，涟漪一般，将那连枝带蔓的喜悦一圈一层播撒开来。

喊乖告诉我们，这些年来，她的作品已有好几百件，但几乎没有重复。它们被送到奘寺、佛塔、学校、节日现场、丰收的村寨、喜庆的人家……风光秀美的瑞丽坝子，花香四季，果结终年，可以想见，星罗棋布的傣族村寨中，无数个像喊乖一样的女子，怀着一种怎样的欢欣爱意做着手中的活计。她们将一个个瓜果雕刻成花，也用心雕琢自己想要的生活。像藏身花心的蜜蜂，永远不去感知自己经由一朵花带给这个世界的甜蜜，她们让一颗颗果实像花朵一样自由自在享有自己的绽放和凋谢，也让心中那些花一样的东西，一朵朵相继开放，一朵凋谢，另一朵盛开，永不停歇——这是一项技艺得以传承的秘密理由，也是人们深爱的故土乡村中最动人、最令人期待的场景。

每逢佛事或欢欣喜庆的日子，或是迎接远方宾朋，一件满载祝福与朴素心愿的果雕作品，就像是一只镶嵌刺绣的荷包，总能被人们以优雅的方式打开，静悄悄享用它的珍藏：连接着大地土壤的微小而真实的快乐。而蕴藏其中的生动，又每每让人感受到一个民族自由自在的精神气质，曾怎样轻快从容地存在于略显沉重的历史文明进程当中。

在自然界，花开过就谢了，鸟叫着就飞走了。一颗自然成熟的果实，水分子会慢慢流失，直至腐烂，归入尘土。是等待下一轮的生长，抑或永久陨落成记忆？那些短暂的、转瞬即逝的微小快乐，究竟能为人们带来什么？一门技艺对于艺人，或者文化、艺术这些东西对于一个普通人来说，究竟意味着什么？

也许像赫尔曼·黑塞所发现的那样：

> 它可以战胜无常。在人类生活的愚妄游戏和死亡之舞当中，有种东西可以留存下来，绵延不朽，它就是艺术。虽然艺术品也可能会在某一天消失，比如被焚毁、打碎，或者朽烂，但它们总能长过几代人的生命，并且在须史的彼岸，构建一个无声的形象之国和一处处圣地。

在这片无声的形象圣地，人们邂逅与自己的本性一样美的东西，心中的憧憬与现实达至少有的一致：田野上草木生长，心底里花团锦簇，花即是果，果也是花，朵朵开在春风里，犹如一枚枚小小的印章，签印下这个充满活力的时代中人们对生活饱满的热情和颂赞。

如果一切终将消失不见，我相信，一个真正的艺人，是那些对该记下什么、该忽略什么有着自主抉择的人，取舍之间，完成生命中至为重要的一个使命：当所爱之人和所爱之物逝去时，留住那美好；当有一天从悲伤中抬起头来，回首来路、眺望归途，能够再次体验这美好。这美好，是一颗果实里的珍藏，是理解了一切人世悲苦之后，依旧保有生活的热望，依然可以有奋力前行的底气。

在完成作品的同时，艺人也被作品塑造。也许可以将这一过程视为一次次指向自我的疗愈和改变，一次次不惜繁复的劳作，也许只是为了向一个更加美好的自身靠近。

对于已经完成的作品，手艺人或许必须像一位既有责任感又豁达睿智的母亲，她的孩子一旦降生，她就放开了它的手。她把它交出去了，就不再对它们满怀牵挂。那些曾被感知过的美与缺憾，会在怎样不同的生命中留下怎样的印迹，她不知道。即便人们对她这伟大的创造毫无兴趣，她也泰然处之，甚至庆幸终于可以从中解脱出来，因为极少有人能够体会，她曾怎样沉浸在作品的创造之中。她将这世间能寻可寻的美好、能想可想的心思，叠加进日常的琐碎，诚实地展现大地上生长出来的一颗果实的丰盈与贫乏。她创造了它们，留下印迹，这就够了。

何况在这过程中，痛苦和欢乐、寂寞和充实都以美的形式展现，梦想让人迷醉，劳作使人愉悦，她已饱尝这过程中的精彩。更何况，结束之后是开始，开始了就还会有开始，无有始终。生长，每时每刻处在结束之末，也在起始之初。

在来年，一颗果实会将全部的能量转化为田垄间破土而出的禾苗，连绵不绝铺满大地。在一片更为广阔的原野，她将随山川日月、雨露清风，寻求一场新的际遇，迎接一次新的孕育——手艺人一生在路上，如果注定永远不能抵达终点，至少踏向了通往自由的门槛。

大地上的丰收

立冬前后，田野渐次变得金黄，仿佛一团火种，火候够了，展开来成就漫山遍野的丰盛。土地上耕耘的人们陆续迎来庆祝丰收的节日。

2024年丰收季，我在瑞丽市勐秀乡等扎村委会南缅村，和傈僳族同胞一起度过庆祝丰收的节日——咱时节。"咱时"，傈僳语，意为吃头粮、尝新米。"咱时节"汉语译作新米节。

因缘际会，傈僳族与景颇族、德昂族等少数民族一样，是全国为数不多的"直过民族"，传承千年的文化活动由此得到相对平稳的延续和传承。而今走在乡村振兴的路上，人们聚集在一处安抚身心的场所，再也不是从前狩猎归来者血衣飘飘的避难之地。在鲜花果实装饰的广场上，在一个个温馨和美的农家小院，一切重又变得温馨祥和。人们将稻谷举过头顶，在歌声中一遍遍吟咏自然的恩德。风，一阵阵扬起衣襟和眼眉，仿佛致敬一路上的甘苦与共、休戚相关……

时代的轨迹无可更改。每一个人的境遇不同、经历不同，对生活的取舍不同，所呈现的面貌也不尽相同。近年行走于村寨，我更愿意记录下乡村生活灵性美好的一面并且为此心怀感恩。稻谷自然成熟的季节，在这个小村庄，我所见证的是乡民对一种质朴而真切的精神生活的努力追求，是一种没有仪式重压的庄重和虔诚。庆幸如今许多村寨，仍然保有这样的庄重和虔诚，任光阴变幻、世事摧折，年与节、感恩与祈祷，依旧以它最初的模样面对众生，让人保有在天地面前应有的敬畏低矮和卑微。

传统的傈僳族新米节由各家各户的"捆秧苗"仪式开始。当年的稻秆用作捆扎下一年播种的秧苗，寄寓年年丰收、好事连连。举行家祭仪式后，主人打开家门告知乡邻自家过节的消息，乡民纷纷携带礼物前来祝贺。新收的稻米煮熟后与肉和汤搅拌均匀，众人围坐在一起品尝，同享丰收的喜悦。

傍晚，欢乐的人群重又聚拢到火堆旁。

踏着木鼓的鼓点，和着三弦的曲调，迎面而来，每一张面庞都闪烁光华，每一次凝望都坦荡真诚……舞队的范围不断扩大，夜幕包裹不住的欢欣与热烈一点点漫延开来，悄无声息划破道道人心的藩篱。

傈僳族年节众多，一年中最隆重的节日是"阔时节"，年中要过"火把节"。傈僳族传统将一年的时日划分为花开月、鸟叫月、烧火山月、饥饿月、采集月、收获月、煮酒月、狩猎月、过年月、盖房月，并围绕这十个月在不同节令举行"刀秆节""澡塘会""拉歌节""射弩会"等等丰富多彩的年节活动。节日连接过去与未来，连通历史与心灵。应该说，过去需要经历巨大苦难才能形成的命运共同体，如今通过贯穿四季的年节，正一点点铸牢民族共有的精神家园，和平年代下边远乡村人们的家园情怀，得到了自由而真挚的表达：抱着对家园的无上信仰，谨守质朴的伦理情谊，丰收时节采摘稻穗、打出新米，而后煮酒酿酒、狩猎、过年、盖房，再次等待花开鸟鸣，满怀憧憬去采摘，去收获……一切承接自然，顺应本真，回应着人类自身朴素的人文情感长久而深情的呼唤。

脚踏泥土的人心存敬畏。脚踏泥土的人从不轻视田间地头的劳作，他们知道如何度过自己的一生。节日第二天，村子里的青壮年开始修路搭桥，修善驮运新谷的道路，妇女们则打扫谷仓，浆洗物件。三天过后，人们便投入紧张的秋收之中。耕耘，让脚下的土地再次变得丰饶，而一再被热烈感知与铭记的丰收，也让更多的人参与其中，身体力行，投身一种并不局限于地理意义上的乡村建设，一种建设家乡从不奢望天堂的从容不迫。

自小在盈江县苏典傈僳族乡长大的余志康是瑞丽市一所小学的体育老师，工作之余致力于民族文化的记录与传播，以一自己之力运营着一个名为"傈僳人家"的公众号。

走进余志康的"傈僳人家"，一切似曾相识。那样的田野，那样的阳光，宽阔的舞场、欢快的三弦、熊熊的火把、不歇的歌声，伴随多少人见证一场场乡村嘉年华。在余志康的憧憬和表达中，乡村依旧像大地一样广阔，置身其中的人们始终明哲适度，哺育恬静与美好。那是真正意义上的美丽乡村，不会在乡村现代化的进程中因城市而隐退，也不会在工业文明的高速发展中迷失方向。故乡对于他来说，不只是一个村庄，更像是一个人生坐标、一个需要呵护的精神家园。长路漫漫，他不知道自己能走多远，也不知道一个村庄、一个民族的过去与未来，终将会在怎样的际遇中相逢。如果每一个人都注定无法回到从前的故乡，他相信自己仍然可以在这样的憧憬中度过一生。因为终其一生都会为那个美好世界而努力。

在那里，节日的外延扩展至更广阔的空间，一堆堆燃烧的篝火、一个个欢乐的人群、一场场丰收的仪式，赋予生活更加具体而生动的意义。那里不仅天上的星星近，地上的东西也近，乡村学子能够就近了解一片土地、一种习俗、一项民间技艺；一个村庄的历史，能够一次又一次在村口的大树下，在堤坝、田埂，在竹林、茶园，在欢乐的舞场，被人们一遍遍口口相传……越来越多的人将以更广博的知识、更丰富的阅历、更深刻的感悟、更开阔的理念，从这片热土汲取养分，延续深植内心的乡土记忆。

记忆与节日一样，是汇集也是连接，是告别也是重逢，是停驻也是起点。稻穗绽放谷粒也孕育希望，土地安放生灵也抚慰人心。在下一个丰收季，土地上的人们又会将稻谷和希望一同收割。

在时代的树荫下自由赞美（代后记）

～

  这个秋天，我完成了对景颇族民间艺人包勒况的采访。
  20世纪50年代，鲍勒况出生在陇川县城子镇撒定村南关寨，贫苦生活的境遇并没有埋没他10岁即已展露的音乐天分。成年后，鲍勒况得到培养锻炼，光荣加入中国共产党，一步步成长为景颇民间技艺非物质文化遗产代表性项目传承人，历任陇川县民族歌舞团团长，德宏州景颇歌舞乐队（后更名为德宏州景颇歌舞团）队长。
  一个人，年少时翻过什么山，蹚过什么河，跳过什么舞，唱过什么歌，吹弹什么样的乐器，遇到什么样的人，心灵受过怎样的触动，起了怎样的波澜……一些落在心底的喜悦和伤痛被看见、听见，又被记下，或创造或传播，或磨灭或忘记，无数个机缘变量叠加汇聚，便成了一个民族的文化史。
  景颇族在漫长的历史发展过程中，形成了独特的文化风格，创造出"目瑙斋瓦"、"目瑙纵歌"、景颇刀舞、景颇织锦等众多非物质文化遗产。景颇民间传统乐器种类繁多，以吹奏乐器见长。"洞巴"，汉语意为"带牛角的管笛"，音色粗犷豪迈而悠扬，是景颇传统歌舞"目瑙纵歌"伴奏的主乐器。
  置身如此绚丽的文化家园，鲍勒况无法不在"洞巴"吹响的当下一次次激起内心的昂扬与自豪，也无法不在"目瑙纵歌"的热烈舞动中将人们发自心底的欢声笑语写成歌、串成曲。每一个播种季，他把心和种子一同埋进土层，在对家园一往情深的凝望与咏叹中，任凭串串音符飘出田垄，与山乡巨变的时代韵律交响和鸣，犁铧一般又落回这片土地。
  作为160多首景颇族民乐的曲作者，"鲍勒况"的名字一直少有人知。他将对名利的淡泊归于随年岁而来的身体上的疲累，但这并不等于他对自己的原创主权丝毫不加捍卫，只是他更知道，大自然赐予的瑰宝不可能为某一人所独有，在民族精神与道义面前，争议及一己之利都该谦恭引退。对于一个视传扬民族文化为一生理想的守艺人，过程中可能付出的代价、丢失的利益，其实在心中早有取舍。更何况，他心如明镜，一个真正的守艺人，在某种程度上是可以对外让步妥协的，但在技艺的基本原则上是一定要坚持的，绝不能有丝毫懈怠。

热爱传扬着热爱，欢乐播洒着欢乐，伤痛铭刻着伤痛。鲍勒况忘我地投入民族音乐的创作与传承，过往人生中所识得人性中一切的光明与幽暗再次令他动容。在那里，江河流动，草木生长，万千声响跃动。《春新米》《迎宾曲》《目瑙请到景颇山》《文蚌乡音》《上学去》《团结之歌》《共同建设家乡》……一个个音符串起民族文化的鲜活元素，在现实铺陈不到的地方，在势利捕捉不到的角落，投下更加清晰独特的光影。

"总之是为了民族文化。上一辈留下来的，我们有责任守护好，世世代代传承下去。"循着他说话时的目光，我看到天空清远辽阔……我知道，时代所能赋予一位老者的安详从容，恰恰是我们不能忘怀的激昂与期待。

二

一时又想到法国作家埃克苏佩里笔下的小王子——出于责任，也出于感情，小王子在自己的星球上一心一意照料属于他的玫瑰。

> 如果一个人爱上了亿万颗星星中的一朵花，他望望星空就觉得幸福。他对自己说：我的花在那儿……

一朵平平无奇的花，因爱心倾注而变得举世无双。这心血与感情倾注的前提是甘心情愿，是发乎内心、不受任何外力裹挟的爱与喜欢——一棵树摇动另一棵树，一朵云追逐另一朵云，一束光与另一束光交汇，那是一种能够长久滋养一个民族文化心灵的自然延续与承接，而不是艺人囿于某种外力单纯对技艺的雕琢、重复与模仿。人与花木一样，都只在不板结的土壤和现实中承受雨露，自由生长。当一种技艺不得不为传承而存在，艺人不得不为传承而传承；当一种珍贵的、自发的力量被某种世俗的名利标准越俎代庖，就难有新的种子顺应四时开花结果。

庆幸在我们生长的土地上，无数守艺人正像鲍勒况一样，以自由、赤诚守护自己心中的花朵。多少王国、朝代灰飞烟灭，手艺却代代相传，生活的塘火从不熄灭，屡屡重现风物之美、劳作之美、人民之美。

没有比手艺更古老的过去，也没有比生活更高远的未来。无论经历多少忧惧坎坷，对美好生活的追求亘古如新。寻到所爱，并且始终保持热切，为之守望，是万千守艺人与这个时代最紧密的默契。

在今天，守艺人生逢催人奋进的伟大时代，见证旷古烁今的历史巨变，仍然以自身的平凡守护平凡，以微小力量延续着这宁和平静中的灯火辉煌。无数个体的选择堆积出时代的块垒，无数个体创造出时代的价值，像藏身砾石瓦片的小草，在那些不忘生死往复的命运里，昂扬出天地间最美丽的造化。平凡与挚爱，集聚坚定力量，催生出瑰丽深远的文化之花。

感谢相遇，我在书写守艺人的文字中，更确切地说，在他们书写在这片土地上的文字中，发现了从未有过的温情和敬意。

他们大多生长在乡村，自小领略着生活的艰辛，甘苦自知，冷暖自度，温良一生，近乎本能地拂去了时代的虚饰浮华。他们用顺手的工具做活，我用熟悉的语言表达。我和他们有着同一个地理上的故乡，这个时代更是我们在时间上共同的故土。他们让一些看不见的东西呈现出本来的样貌，我在努力寻找他们身上承载的事实、善良与美好。我在我的生命旅程中经过他们，在某个地点接近他们，以一个平凡的角度张望他们，在一个时刻与他们交谈，他们则在一生的时日里不住地向自己眺望……或外扬或内敛，或安静或热烈，或为生计或为理想，他们是时间最不必费心养育的孩子，一天做不完的活，他们用一生去做，一代人完成不了的愿望，他们几代人接续完成。

脚前一张齐膝高的竹编圆桌，桌上一把剪刀、几张红纸，映衬着一张温和的面庞。农闲的大多数时光，她一个人坐在自家小院的阴凉里。在那里，桩桩件件的活路又都静静起头，不扬起一粒尘土，不摇

响一片树叶……（《刀剪中的传承》）

像是一位父亲，朗四熟悉他所有的"儿女"，他们各自的技能、专长和脾性。当他坐在院子里感到孤单，他只要轻声呼唤，那些他满怀深情哺育过的孩子便从四方欢叫着跑来，簇拥在他的身边，就像现在这样。更多更远的幸福，他不需要知道，已经过去的艰辛苦痛，也不需要想起。（《朗四和他的象脚鼓》）

面对乡野劳作的艺人，你会折服于她们那神秘的耐性，因为想象不出，除了悬在时间上的钟摆，还有什么能令一种单调的重复永不间断。当我真正走近她们，走近那如同生计般排开的织机时，我知道，那是一种少有人倾听的声音。听到了，就觉青山都忠诚，草木都有情，爱恨都结实。（《锦如花 花如锦》）

三

多少年来，无数个鲍勒况们自觉封印生活的苦痛，超越种种混乱疏离，以善美的本性，一路追寻并礼赞歌唱——文艺的价值在于推动社会正向前行，赞美的意义同样在于对人性之美深厚而温情的维护。这是一个"各行其是，各成其美"的时代，我们可以自由地歌唱、大声地赞美。困顿中仍然保持责任，逆境中追求美、传播美的心最不易为环境所折服、最不能为人所忘怀，因为美不只是美本身，它还对应着丑与恶，对抗着人世间的是是非非、纷纷扰扰。任何努力走出生活困顿、拥抱明天的个人，与任何朝着希望走出黑暗的时代一样，于人间烟火处彰显担当，在一箪一食中抒写热望，透着时代独有的悲喜从容，都值得被记住、被传扬。

历史的车轮注定卷起烟尘滚滚向前，没有哪个时代能够独得一片清朗。每一代人心中被深情怀念的时代，都有黑暗与光明同在。贫瘠土地或可埋有宝藏，浓浓烟雾下烈火仍在燃烧，不必因为需要正视污泥而对满塘荷花视而不见，更不必着急赶路忽略了落在发梢的雨滴、拂过额头的微风。正如守艺人的劳作需要磨炼和灵感，大部分时日，他们的日子单调、重复，而人类历史美美与共的画卷，同样需要经历岁月无声的流逝，经历漫长的黑暗与平庸。

一百多年前，一个和平民主团结的国家尚未孕育新生，我们的故土家园还是一片未经开垦的蛮荒之地；70年前，边疆德宏三个"直过民族"景颇族、傈僳族和德昂族尚处在刀耕火种的原始社会末期；50年前，年轻的自治州恢复建制；五年前，全州4个贫困县186个贫困村全部实现脱贫……时代在前进，人心的追索始终向美向善。乡村曾贫穷落后，但并没有止步不前。社会趋向普惠包容的进程中，对自由的争取与保护，对技艺的谋求，对生活的向往，对文化的诉求，正因为不可一蹴而就，所以更需要一代代人持久的维护与担当。

而我宁愿相信：手工与技艺，这大地上生长出来的氤氲着土壤气息、折射着质朴人性的美，在越是呆板无趣的地方，就越有价值，越将显现技术聚光灯下难以复原的稀缺与珍贵。平凡与微小、自由与责任、个体与时代，在越是宽阔的社会氛围中，就越能显现他们之间的贴合、紧密。

手中有笔，我愿执此一支，一字字一句句一排排一段段，串起一件件独一无二的手工制品。我希望这片土地上的人们多一些荒芜之外的憧憬，无论是丰盈，还是贫乏，潮汐一般拥有无数次自由的涨起或落下；我希望更多的人比照美好的模样，衣间花影游动，一路歌舞相随，刀剪下有图画，丝竹中是深情，双脚站在水田也要仰望星空，朝向一片"菩提树上孔雀栖"的向往之地；我更愿意这时代中的每一个个体，在理性思考之外，以爱和美的名义，责无旁贷地担起播洒光芒、传递温暖的道义。

我相信个人憧憬的一小步就是社会进步的一大步。在今天，我们记录，我们赞美，我们一笔一画书写民族民间民艺，并不只是描述与挽留，更是一种呼唤——灯塔聚拢微光，个人靠紧时代，去创造，去赋予意义。当百川入海，万树参天，人们在谈论一片森林、一条河流的意义时，会如我们共同期待的那样，是蓬勃繁茂，是源远流长。

2024年10月　芒市